चूक

मोहम्मद आरिफ़

राजपाल

ISBN : 9789393267207
पहला संस्करण : 2022 © मोहम्मद आरिफ़
CHOOK (Stories)
by Mohamad Arif

राजपाल एण्ड सन्ज़

1590, मदरसा रोड, कश्मीरी गेट, दिल्ली–110006
फोन : 011–23869812, 23865483, 23867791
e-mail : sales@rajpalpublishing.com
www.rajpalpublishing.com
www.facebook.com/rajpalandsons

क्रम

चूक

उनका भेजा हुआ रुक़्क़ा हाथ में है। चोपड़ा लेकर आया है। छोटी-सी चिट है यह—उर्दू में छोटी-सी तहरीर। चलिये, कहानी खत्म होते-होते अगर सब ठीक रहा तो पढ़ कर सुना दूँगा। पढ़ कर क्या सुनाऊँगा, उर्दू आती किसे है। खाली नाम का मुसलमान हूँ। गौर किया आपने, खाली नाम का मुसलमान! खाली खतना करा लेने और नाम रख लेने से कोई मुसलमान हो जाता है क्या? खाली नाम का मुसलमान होना गुनाह है। खाली नाम का मुसलमान किसी काम का नहीं। मुझे बहुत कुछ करना चाहिए...वाल्दैन ने खाली नाम देकर निकम्मा और निठल्ला छोड़ दिया। हिन्दी इंग्लिश कम्प्यूटर मोबाइल और इंजीनियरिंग से क्या होता है। खाली पेट भरता है, दुनिया में कामयाबी मिलती है, लेकिन इस दुनिया से परे भी एक दुनिया है, अगर उसे न संवारें तो यह सब धरा-का-धरा रह जायेगा, यहीं इसी दुनिया में। यह दुनिया तो फ़ानी है, आगे की भी सोचो भाई, जहाँ अनंत काल तक के लिए तुम्हारा ठिकाना बनेगा। हम तीनों में सलमान ही कुछ काम का आदमी है। उसी ने उस रुक्के को पढ़ कर सुनाया और वही पढ़ कर आपको भी सुनायेगा। सलमान मेरी बगल वाली बैंच पर बैठा है...थका-हारा सा, जैसे दो दिनों से खाया-पिया न हो। गाड़ियाँ हैवी ट्रैफ़िक के कारण रेंग रही हैं। हमारे नज़दीक एक आवारा कुत्ता आकर बैठ गया है, एक बूढ़ा भिखारी और उसके दो भिखमंगे पिल्ले दूसरी बगल में बैठे मिल-बाँट कर कुछ खा रहे हैं। उनका पिज़्ज़ा हट का पैकेट मैं देख सकता हूँ...किसी ने ओवर ईटिंग के डर से उन्हें थमा दिया होगा।

सामने उस पार इमली का दरख़्त सन्न खड़ा है। वहाँ अंधेरा है, उस पर बसेरा लेने वाले परिन्दे दिन-भर आवारागर्दी करके वापस आ चुके हैं, उनके

चूँ-चूँ, चीं-चीं का शोर इतना ज़बरदस्त है कि लगता है कि आज तो ये रतजगा ही कर डालेंगे। बेंगलूरु के मशहूर ब्रिगेड के एक कोने में खड़ा यह इमली का पेड़ परिन्दों को फ्री में मिला है, जो चाहे सो करें। सलमान उसी दरख्त की जानिब देख रहा है, देखे जा रहा है। मैं समझता हूँ कि वह क्या सोच रहा है। वह इन चहचहाती चिड़ियों से रश्क कर रहा है। है वह किसी और बात पर गुस्सा, लेकिन बैठे-बैठे गुस्सा रहा है इन नन्ही-नन्ही जानों पर और उनके संगीत पर। मैं जब किसी पर गुस्सा होता हूँ तो उसे मारने का मन करता है। जान से नहीं, हाथ से, लात से, घूंसे से। उसे चिकोटियाँ काटने का मन करता है। या ताज्जुब है, उसे गुदगुदी करने का मन करता है। यह मेरा दूसरा तरीका है। साले को इतनी गुदगुदी करूँ, इतना गुदगुदाऊँ कि साला हँसते-हँसते ऐसा दिखने लगे कि लोग समझें पागल है। हँसते-हँसते उसका दम फूलने लगे, साँस रुके और वहीं टें बोल जाए। मन कर रहा है कि उठूँ और किसी को पकड़ कर अभी गुदगुदाने लगूँ। लेकिन मुझे अपनी किलर इंस्टिंक्ट...यानी मारक क्षमता..पर संदेह होने लगा है। जिसके लिए बदनाम हैं हम, यहाँ से लेकर वहाँ तक, जहाँ तक चली जाये आपकी तिरछी नज़र।

सलमान जब गुस्से में होता है तो वह सीधे बंगाली में वह कविता गाता है जिसमें सर उठा कर बिना झिझके, बिना डरे, बिना लज्जित और बेआबरू हुए हिन्दुस्तान में साँस लेने और खरामा-खरामा अपने सपने की ओर बढ़ने की कामना की गयी है। लेकिन आज वह यह सब नहीं कर रहा। इमली के पेड़ से फुर्सत मिले तब ना। उसका तकियाकलाम है, अयोध्या गुजरात ज़िन्दाबाद। कहता है गुजरात से आगे बढ़ो भाई, वहीं अटके हुए हो। नसीर सनक कर कहता है हाँ, अयोध्या के आगे फैज़ाबाद है और गुजरात के आगे राजस्थान वहाँ तक बढ़ो भाई...और फिर हँसी का फव्वारा। नसीर से तेज़ फव्वारा सलमान का होता और उससे थोड़ा कम तेज़ मेरा। मतलब कि नसीर अगर दस बार हा-हा, हो-हो करता तो सलमान आठ बार हा-हा और आठ बार हो-हो करता। कुल मिला कर सोलह बार। मेरा इनसे अलग ही था। मैंने हा-हा, हो-हो दोनों एक साथ कभी नहीं किया। मुझसे निकलता ही नहीं था। फ़िलहाल तो सलमान मेरे साथ कितनी देर से बैठा है लेकिन एक बार मुस्कुराया तक नहीं। कुत्ता आया तब भी नहीं, भिखारी खा-पीकर चले गये तब भी नहीं फिर मैं सोचता हूँ—आखिर मुझे

क्या हो गया है-कुत्ते के आने पर कोई हँसता-मुस्कराता है क्या, और भिखारी को कभी मुस्कराते देखा है ? भिखारी के साथ जो पिल्ले थे, बहुत अच्छे थे। पता नहीं आप समझे कि नहीं। पता नहीं मैं समझा पाया कि नहीं। सलमान का फव्वारा सूखा नहीं है। उसी ने उस रुक्के का तर्जुमा हमारे लिए किया था, और उसमें भी उसने हँसी का मुकाम ढूँढ लिया था। ज़बरदस्त सेंस ऑफ़ ह्यूमर है उसका, और ज़बरदस्त टाइमिंग ! फ़िलहाल तो अंधेरे में खड़े उस पेड़ को ताके जा रहा है। चूँ-चूँ, चीं-चीं बंद हो चुकी है। वे सभी सो चुके हैं। खाली रह गये हैं हम लोग।

यह कोई बहुत पहले की बात नहीं है। यह बस अभी की बात है। जब हम अपनी अलग-अलग किन्तु एक जैसी दुनिया से निकल कर बेंगलूरु, जी हाँ अयोध्या, गुजरात नहीं बेंगलूरु आये। हम सब अकेले ही आये थे। आईबीएम (इंटरनेशनल बिज़नेस मशीन्स कॉर्पोरेशन) और टीसीएस (टैक्स कलेक्टेड एट सोर्स) के इंटरव्यू में न जात पूछा न पांत, और तो और, न धरम पूछा न करम। नहीं तो ज़रूर फँस जाते। घरवालों ने कान भर दिए थे कि नौकरियाँ हैं तो लेकिन वे किसी और के लिए होती हैं। इतनी दूर आकर पढ़ाई करने और मनचाही पगार वाली नौकरी पाने के बारे में तो हम पहले सोचते भी नहीं थे। लेकिन जब इक्कीस साल दो महीने की उम्र में ही एक हज़ार रोज़ वाली नौकरी से लगे तो मुँह से निकला बेंगलूरु ज़िन्दाबाद। दोस्तो, नौजवानी उफ़ान पर है। युवा और महत्त्वाकांक्षी होने के लिए सबसे मज़ेदार समय कोई रहा है तो यही है, और यहीं है, बेंगलूरु में। दुनिया भर के नौजवान कभी इतने फ़ायदे में नहीं रहे। बारिश में सभी भीग रहे हैं। हाथ में हुनर है तो बहती गंगा में हाथ धो लो। पहली बार वक्त की ऐसी दरियादिली रिकॉर्ड की गयी है, हर सौदा नफ़े का है भाई। भाई से याद आया। हम तीन जन थे। तीनों हुनरमंद। तीनों कम्प्यूटर के उस्ताद, सॉफ़्टवेयर के तेज़ खिलाड़ी। जी हाँ हम तीन थे-एक मुल्क, एक मज़हब, एक ज़बान, एक रंग, एक काम हम तीनों का। तीनों का एक साथ आना-जाना, खाना-पीना, उठना-बैठना, घूमना-फिरना और एक साथ नौकरी-चाकरी। हम भाई नहीं थे। पर भाई जैसे थे। एकदम जैसे भाई। जैसे भाई-भाई। गो कि यह पोलिटिकली करेक्ट नहीं था, पर यह था। सिनेमा और टीवी में ऐसा देखा न गया, किताबों, कहानियों में ऐसा पढ़ा न गया, नाटक-नौटंकियों में इसकी मिसाल नहीं, और चौक-चौराहों पर कभी गलबहियाँ डाले हम दिखायी दिये तो भौंहें वैसी न रहीं।

जिन छोटे कस्बों और शहरों से हम आये थे वहाँ हमारी कौम का सदस्य होने का अर्थ निकाला जाता था कम पढ़ा-लिखा, कट्टर, कुछ कम नहाने वाला (गंदा अंदर से भी, बाहर से भी)। रोज़ मांस खाने वाला, बकरी, मुर्गी के साथ हमबिस्तर होने वाला, पंक्चर बनाने वाला, कपड़ा सिलने वाला, पप्पू और बबलू के नाम से सबकी गाड़ी चलाने और बनाने वाला। और तो और, अंदर से पाकिस्तानी। कम-से-कम आधा तो अवश्य। बेंगलूरु आने के बाद हम ब्रांडेड जींस, ब्रांडेड शर्ट और ब्रांडेड जूते पहनने लगे। वह भी अपने पैसों से। भूल जाइये हमारी गोल टोपी, बेढंगी पैण्ट और उटंगी कमीज़ें। अब हम खाली नाम के...थे। इस गैप में जो समझ में आये, भर लें। हमारी पीठों पर औरों की तरह हमारा साजोसामान सजा होता था। जहाँ चाहा, जिस जगह भी...कैफ़े में, रेस्तराँ में, रेल के एसी कोच में, स्टेशन पर, एयरपोर्ट पर और हवाई जहाज़ के अंदर साजोसामान उतारा, कानों में म्यूज़िक और सामने लैपटॉप और काम शुरू। सारा हिन्दुस्तान मुट्ठी में, सारी दुनिया हमारी जेब में। औरों की तरह वीकेंड का हमें भी बेसब्री से इंतज़ार रहता। वीकेंड पर मैं अपना कैमरा लेकर फ़ोटो-शोटो लेने निकल जाता, सलमान गिटार-शिटार सीखने चला जाता और नसीर अपनी गर्लफ्रेंड सोनिया के साथ घूमने। हमारी इंग्लिश संवरने लगी। व्हाटेवर! कूल! चिल आउट, चिलैन्स और वास्सप मैन जैसे प्रचलित जुमलों की आदत पड़ने लगी। फिर हम स्टार्टअप बिज़नेस के बारे में डिस्कस करने लगे, सपने देखने लगे। अपनी कम्पनी, अपना बैंक-बैलेंस। अपनी गर्लफ्रेंड अपने फ्रैंड्स। अपना बेंगलूरु अब कभी नहीं छोड़ेंगे।

आपको जान कर ताज्जुब होगा कि बेंगलूरु में स्थापित होने के एक साल के अंदर...हाँ एक साल के अंदर ही मैंने और नसीर ने हवाई जहाज़ का टिकट खरीदा और दो घंटे से कम समय में ही घर आ गये। यह हमारी पहली ईद थी। डेढ़ साल भी पूरे नहीं हुए थे जब हमने अपना एक वीकेंड सिंगापुर में बिता डाला।

हम आसमान में उड़ने लगे थे। हम पैदल से, इक्के से, साइकिल से, बस से उतर कर सीधे हवाई जहाज़ पर आ गये थे। अब तो हम कभी भी अमरीका, कनाडा, इंग्लैण्ड, ऑस्ट्रेलिया कहीं भी जा सकते थे। फ़ाइनली, हम वहाँ खड़े थे, सर उठा कर, सीना तान कर। हमारी बारी आ गयी थी, और इतनी जल्दी। न

हमने घूस दिया, न किसी ने हमारी सिफ़ारिश की। नौकरी देने वाले के न तो हम भाई लगते थे न भतीजे। वह तो वहाँ इफ़रात बिखरी पड़ी थी, हमने उठा लिया।

नसीर तो दूसरे साल में घुसते ही अपनी कार के चक्कर में पड़ गया और फिर जल्दी ही बंदे ने छोटी-सी मुनिया सी ऑल्टो लाकर हमारे सामने खड़ी कर दी। हमारी सर्किल में उसका भाव बढ़ने लगा...बढ़ता गया, बढ़ता ही गया। और फिर एकदम से धड़ाम। ऑल्टो ने सब कुछ उलट-पुलट दिया। यही तो कहानी है।

हम ऑफ़िस से सीधे शोरूम गये जहाँ ऑल्टो सजी-धजी हमारे इंतज़ार में खड़ी थी। नसीर ने एक बार में ढेर सारे सिग्नेचर किये और ऑल्टो नसीर की यानी हमारी हो गयी। बेंगलूरु में हम जहाँ रहते थे वह विचित्र जगह थी। जब मैं विचित्र कहता हूँ तो यह दरअसल दूसरों के लिए है। हम तो ऐसी जगह ही पैदा हुए थे, पले-बढ़े थे और बेंगलूरु न आते तो वहीं पड़े होते। ऐसी जगह थी जहाँ हम न चाहते हुए भी रह रहे थे। ऐसी जगह थी यह जहाँ का पता हम अपने ऑफ़िस कलीग को बताने में हमेशा आनाकानी किया करते। नाम से ही लगता था कैसी जगह है, वहाँ कौन रहता होगा, खाली वही जिनका है वह मुहल्ला। तो मुहल्लेवाले ही उस मुहल्ले में रहते थे या फिर हम जैसे जिन्हें...खैर छोड़िये, अभी इस बात को छोड़िये। ऑल्टो ने सीधे कहा वहाँ नहीं जाऊँगी।

उस गलीछाप रोड पर ऑल्टो को चलाना टेढ़ी खीर थी। नसीर अपनी ऑल्टो को प्यार से दुल्हनियाँ कहता था और इमाम साहब से कह-सुन कर मस्जिद के बगल में ही खाली जगह पर अपनी दुल्हनियाँ की ससुराल बना दी। पहली बार जब हम ऑल्टो को लेकर आये तो हममें से कोई भी ड्राइव करना नहीं जानता था। यह अलग बात थी कि हमारे पास पैन कार्ड, इलेक्शन कार्ड, आधार कार्ड और डी.एल. सभी कुछ था। एजेण्ट स्वयं ड्राइव कर रहा था। नसीर मालिक की शक्ल में आगे वाली सीट पर और मैं और सलमान पीछे। हम बगल वाली गली से घुसे। हमें गली के आखिरी छोर, जहाँ हरी मस्जिद खड़ी थी, तक जाना था। मस्जिद से ही दो कदम आगे हम रहते थे। हम मतलब चिराग, नसीर और सलमान।

गली में हमारा एजेण्ट पूरी सावधानी से ऑल्टो को आगे बढ़ा रहा था... बीच-बीच में ऑल्टो के गुन भी गाता जाता था-उसके इंजन, उसके डोर लॉक,

उसके टायर, उसकी स्टीयरिंग, उसका लेगस्पेस, म्यूज़िक सिस्टम...लेकिन जैसे ही कार को किसी रिक्शे से, किसी टेम्पो से, किसी साइकिल से शह मिलती कि आगे सीट पर बैठे नसीर का कलेजा मुँह को आ जाता। वह आगे ऐसे झुक जाता, उसका हाथ ऐसे मचल उठता, मानो अंदर बैठे-बैठे ही गुर्राती भैंस को एक तरफ़ हटा देगा या ओवरलोडेड रिक्शे को एक हाथ से ही जाम कर देगा। खतरा टल जाने पर उसकी जान-में-जान आती। चोपड़ा कहा करता था कि सर जी अगर घरों की बालकनी से लेकर खिड़की, दरवाज़े, छत, दीवार यहाँ-वहाँ सभी जगह धुले कपड़े सूख रहे हों तो समझो हमारा मुहल्ला है, अगर रिक्शे पर एक स्त्री के साथ चार बच्चे ऊपर और दो पायदान पर बैठे हों तो समझो आपका। चोपड़ा साला!

गली में निकम्मे, शोहदे, मजनूं-शेखचिल्ली इधर-उधर बिखरे पड़े थे। अपने-अपने कामों में मशगूल। मैकेनिक, मिस्त्री, ड्राइवर, कारीगर, कपड़ा सिलने वाले, बीड़ी बनाने वाले, पतंग साटने वाले, मुर्गा, मुर्गी, बकरा, बकरी काटने वाले...नंगे बूचे फ़कीर...कई तरह के मौलवी, एक ही तरह के कठमुल्ले, पुराने शरीफ़ज़ादे, नये अमीरज़ादे सभी घरों से बाहर थे। डिज़ाइनर पिंजरों में टहलते-फुदकते या बस सन्न परिन्दे...मंथर गति से आगे बढ़ती हमारी ऑल्टो को निहार रहे थे। अच्छा भी लग रहा था, बुरा भी लग रहा था। हम करीब-करीब अपनी मंज़िल पर आ पहुँचे थे कि रंगीन लुंगी बनियान पहने एक लौंडा ठेले पर मांस के बड़े-बड़े लोथड़े लादे हुए सामने से आता दिखा। फिर उसके पीछे दो ठेले और। मैंने कनखियों से एजेण्ट को देखा...अभी तक उसकी नज़र ठेले पर नहीं पड़ी थी...जबकि सामने बैठा नसीर उसे बातों में उलझाना चाह रहा था कि किसी तरह उसकी नज़र ठेले पर न पड़े और ठेला पार हो जाये। हम बुरी तरह झेंप रहे थे। एजेण्ट ने बिना मुँह बनाये सिर्फ़ इतना कहा–मैं पहली बार इधर आया हूँ गाड़ी लेकर। मैंने मन-ही-मन कहा–बेकार में ही तुम आये भाई। अगर मैंने गाड़ी ली तो तुम्हें कभी नहीं टच करूँगा। जब हम वहाँ पहुँचे तो मस्जिद में नमाज़ जारी थी। जितने लोग अंदर थे उससे कहीं ज़्यादा बाहर। जिन्हें इबादत बंदगी और किसी और काम-धाम से लेना-देना नहीं था वे बैठोल गेम खेलने में मस्त थे। बैठोल गेम मतलब कैरम-ताश-शतरंज-लूडो, गुट्टी आदि। दिन भर बैठ कर खेले जाने वाले खेल।

ऑल्टो को वहीं इबादतगाह के आगोश में खड़ा करके एजेण्ट चला गया। और इसी रात हमारे अमीरखाने पर पुलिस ने दस्तक दी। और कहानी शुरू।

वे तीन थे-वन प्लस टू के समीकरण में। नसीर गूगल की मदद से ऑल्टो चलाना सीख रहा था और नब्बे की स्पीड में था। सलमान लॉगिन था और मैं बिरियानी खा रहा था। खट-खट सुन कर भी हमने अनसुना किया। लेकिन फिर ठक-ठक इस बार ज़ोर से। लग गया कि ठक-ठक करने वाले को हमारी परवाह नहीं...और यह कि वह हमें कुछ हल्के से ले रहा है। बिरियानी की प्लेट लिए हुए मैंने खिड़की से बाहर झाँका और 'पुलिस क्यों' बुदबुदाते हुए प्लेट को एक तरफ़ रख दरवाज़ा खोल दिया। वे बिना पूछे अंदर घुस आये। अब तक सलमान और नसीर भी एलर्ट हो चुके थे। हमारी और उनकी कुछ बातें हुईं। ज़्यादा वही बोले। एक तो हम इस तरह की बातचीत के लिए तैयार नहीं थे, दूसरे वे तीन थे और हम...हम भी...कहने को तीन थे लेकिन सच यह था कि जिस तरह से वे हमें घूर रहे थे, हमारे कमरे का जायज़ा ले रहे थे, समीकरण गणित के नियम के हिसाब से नहीं रह गया था। घर पर ऐसा हुआ होता तो अब्बू और चाचा लोग और अड़ोसी-पड़ोसी सँभालते। लेकिन यहाँ हम पहली बार शासन-प्रशासन के सामने थे, पहली बार इस तरह पुलिस से फ़ेस-टू फ़ेस हो रहे थे। जी कहिये, शायद मेरे मुँह से निकला। आगे मुझे हू-ब-हू याद नहीं, फिर भी वह मंज़र, वह पूछताछ पेश करने की कोशिश करता हूँ।

तुम तीनों के अलावा भी यहाँ कोई रहता है?

नहीं सर, सिर्फ़ हमीं रहते हैं।

तुम्हारे नाम क्या हैं?

चिराग-सलमान-नसीर।

सलमान...नसीर...ठीक है, ठीक है...क्या चिराग भी?

जी मैं भी, मैं भी मुसलमान हूँ...हम तीनों ही।

ओके, कहाँ के हो तुम लोग?

हमने बता दिया।

कहाँ काम करते हो?

हमने बता दिया।

तुम तीनों दोस्त हो?

जी भाई हैं...दोस्त हैं...भाई नहीं दोस्त हैं।

साफ़-साफ़ बताओ।

जी दोस्ती है।

एक साथ क्यों रहते हो ?

दोस्ती है इसलिए...और किराये का भी मैटर है।

इससे पहले कहाँ रहते थे ?

यहीं।

यहाँ से पहले ?

यहीं से रहना शुरू किया।

अच्छा, पुलिस वेरीफ़िकेशन कराया ?

पुलिस वेरीफ़िकेशन ! नहीं तो। उसकी ज़रूरत थी क्या।

आईडी है ?

हम दिखाने चले तो कहा—रुको-रुको।

यहाँ किसी को जानते हो ?

हाँ, मस्जिद के इमाम साहब और कुछ लोकल लोग।

नहीं-नहीं इस मुहल्ले से बाहर किसी को ?

कम्पनी में सभी जानते हैं, और तो कोई नहीं।

अच्छा कौन कौन मिलने आता है ?

कोई नहीं।

तुम किससे मिलने जाते हो ?

किसी से नहीं, हम तीन काफ़ी हैं।

तीन काफ़ी हो, मतलब ?

आपस में ही मस्ती कर लेते हैं, किसी से...

आपस में मस्ती कर लेते हो, वेरीगुड!

अच्छा, ऑल्टो किसने खरीदी ?

मैंने बताया।

डाउन पेमेण्ट कितना दिया, पैसा कहाँ से आया ?

जी सैलरी मिली है उसी से...एमआई।

ऑल्टो का कागज दो।

नसीर फ़ाइल उलटने लगा, उसने मना कर दिया-रहने दो।

तुम तीनों के बीच कितने लैपटॉप हैं?

तीन।

कितने सेलफ़ोन हैं?

चार।

दो कौन रखता है?

नसीर।

क्यों भाई, दो की क्या ज़रूरत है? और यह महँगा ब्लैकबेरी...

आजकल तो लोग तीन-तीन, चार-चार रखते हैं।

तुम दो क्यों रखते हो?

एक अपना था, ब्लैकबेरी गर्लफ्रैंड ने प्रेज़ेण्ट किया।

क्या तुम सबके पास अपनी गर्लफ्रैंड है?

नहीं एक ही से काम चलाते हैं। नसीर ने हँसते हुए कहा। वे भी हँसने लगे।

अच्छा ऐसा करो, कल सुबह तुम तीनों अपने-अपने आई कार्ड, सेलफ़ोन, लैपटॉप, ऑल्टो के पेपर्स, रेण्ट एग्रीमेण्ट के पेपर्स सब लेकर थाने आ जाना। दस बजे सुबह।

हमें कुछ समझ न आया कि यह सब क्या था? क्यों आये थे ये लोग, और अब हम क्या करें? हम किसी को जानते नहीं थे जिससे पूछते कि हमें इस तरह क्यों पुलिस स्टेशन बुलाया गया है? हमने इमाम साहब से पूछा। वे भी सोच में पड़ गये, फिर उन्होंने कहा कि ठीक है, बुलाया है तो चले जाओ। आकर बताना क्या हुआ।

हमने ऑफ़िस में छुट्टी का मेल भेज दिया और ठीक दस बजे सभी चीज़ें लेकर थाने पहुँच गये। वहाँ उन तीनों के अलावा उनका हाकिम भी था। वे हमसे बड़ी शालीनता से पेश आये। हमें नाश्ता कराया। हमारे पेपर्स चेक किए। लैपटॉप और सेलफ़ोन की ओर इशारा करते हुए कहा-इसमें कुछ है तो नहीं। नसीर ने कहा कि इसमें तो बहुत कुछ है, सब कुछ इसी में है। उनमें से एक ने कहा-गर्लफ्रेंड वाले तुम्हीं हो ना। नसीर ने कहा-हम तीनों ही हैं। सुन कर वे हँस पड़े। हम भी हँसे...जितना हँस सकते थे। वे बड़े मूड में थे, बात-बात पर

हँसते थे। हम किसी बात पर हँस देते थे। हमें लगता था अगर हम नहीं हँसेंगे तो वे हम पर शक करेंगे कि अरे वाह, ये तीनों तो काफ़ी हार्ड हैं, हँसते ही नहीं। अंतत: हमारी उँगलियों के निशान और पुतलियों की तस्वीरें लेकर हमें जाने को कहा। जब हमने पूछा कि उन्होंने ऐसा क्यों किया, क्या हमने कोई जुर्म किया है, वे कुछ नहीं बोले, खाली घूरने लगे, फिर बोले कह दिया जाओ तो जाओ... या यहाँ रुकना चाहते हो? अब वे बिलकुल नहीं हँसे।

हमने उनकी तरफ़ देखा, कुछ समझ न आया कि क्या करना चाहिए। उनका घूरना जारी था। हमने धीरे-धीरे चलना शुरू किया, चलने लगे और फिर चले आये। रास्ते में, याद आ रहा है, हमने कोई बात नहीं की। कमरे पर पहुँच कर इस निष्कर्ष पर पहुँचे कि यह उनकी रूटीन चेकिंग है, ऐसा वे सभी के साथ करते होंगे।

चार दिन ही बीते होंगे कि वे फिर आ धमके। बोले कि बस इधर से गुज़र रहे थे कि आ गये, कोई विशेष बात नहीं। जाते-जाते समझा गये कि हम अपने काम से काम रखें, बेकार में किसी से दोस्ती का हाथ न बढ़ायें। कोई बिला वजह सटने की कोशिश करे तो थाने को बतायें। उन्होंने एक नम्बर भी दिया, कहा, चौबीस घंटे चालू रहता है। फिर वे धीरे से बोले, इमाम साहब के साथ भी ज़्यादा नज़दीकियाँ बढ़ाना ठीक नहीं...। फिर बोले, अच्छा बताओ तुम रेगुलर नमाज़ पढ़ते हो। सलमान ने तपाक से कहा, ये दोनों तो जुमे में भी नहीं जाते, लेकिन मैं पढ़ता हूँ। वे सलमान को घूरने लगे। दरअसल सलमान ने 'मैं पढ़ता हूँ' बोलते वक्त कुछ ऐसा मुँह बनाया जैसे उन्हें हिकारत से देख रहा हो। गुस्से में सलमान को घूरते हुए वे बोल गये-संदेह पर भी धर लिये गये तो सात-आठ साल कोठरी से बाहर आने में लग जायेंगे, सुना नहीं है?

वीकेंड आ रहा था। हम कमरे में बैठे इन्हीं बातों की चर्चा कर रहे थे कि नसीर बोला, सड़ गये यार पूरे हफ़्ते, ये साले पुलिस वाले...। निकलते हैं यहाँ से चलते हैं कहीं आउटिंग पर। सलमान बोला-कूल यार...सेलीब्रेट करेंगे वीकेंड। मैंने कहा, यस, अभी प्लान करते हैं। सलमान बोला, लेकिन अपनी गाड़ी कौन चलायेगा? नसीर बोला, वही पुलिस वाला और कौन! हम तीनों जो हँसे तो हँसते चले गये, हँसते चले गये...जैसे हँसी का रिकॉर्ड बनाना हो। पुलिस वाले को अपने ड्राइवर के रूप में पेश करके हमने उससे बदला ले लिया

था। मज़ाक छोड़िये असल बात यह थी कि नयी गाड़ी थी, तीन-तीन डीएल होल्डर थे, लेकिन चलानी किसी को नहीं आती थी। तो हम अपने ऊपर हँस रहे थे, पुलिसवालों के ऊपर हम क्या हँसते, हमारी मजाल! हँसी रुकी तो नसीर बोला, डोण्ट वरी गाइज़, सोनिया है ना। वह भी चलेगी...वही ड्राइव करेगी। नसीर को जो बोलना था बोल दिया, बचे हम दोनों, हम चिल्ला पड़े-ग्रेट...कम ऑन सोनिया, कम ऑन बेबी...वी विल टीच यू सम ड्राइविंग डियर...। अब कहने वाले कहेंगे, आप लोग फिर हँसे होंगे। सही, हम फिर हँसे। पुलिस वालों ने क्या कर दिया था हमारे साथ! ऐनी वे, कम ऑन सोनिया, कम ऑन फ़ास्ट।

सैटरडे की सुबह-सुबह सोनिया चहकती हुई आ पहुँची। नसीर मोड़ से रिक्शे पर बैठा कर उसे ले आया। जींस, टॉप और जैकेट में वह खूब स्मार्ट लग रही थी, सुंदर तो वह पहले से है। नसीर को तो वह आज खासतौर से आकर्षक और अच्छी लगी होगी। सलमान की सिर्फ़ आँखों से लग रहा था, मुँह से तो कुछ बोला नहीं बंदा। कोई जींस और टॉप पहन ले, सलमान तो बस उस पर फ़िदा हो जाता है। और मैं? मैं दिल्लगी नहीं कर रहा, दिल से कह रहा हूँ। मेरे अलग मानदंड हैं, मेरा अलग मिज़ाज है। खूबसूरती बोलने-हँसने-पहनने-चलने-उठने-बैठने सब में होनी चाहिए। दिल को अच्छा लगता है, सामने वाला अंदर उतरता चला जाता है। जब भी उसका नाम, उसका ख़याल, उसका चेहरा ज़ेहन में आया, आप खुश हो जाते हैं, आपको हवा महकती सी लगती है, पानी मीठा-सा लगता है, सूरज मद्धम-सा लगता है, चाँद खूबसूरत-सा लगता है, रास्ता कट जाता है, पुलिस वाले दोस्त बन जाते हैं। सोनिया को सुबह-सुबह देखा तो, मेरा यकीन करो दोस्त, गुलाम अली की वह ग़ज़ल फ़िज़ा में तैर गयी-'दिल में एक लहर सी उठी है अभी, कोई ताज़ा हवा चली है अभी।' वह खिलखिला कर हँस रही थी-तुम लोग कितनी तंग गली में रहते हो...यहाँ तुम्हारी ऑल्टो कैसे आयेगी, जायेगी...बदलो इस घर को यार। और तुम्हारा रूम कैसा हो रहा है...क्या लड़के ऐसे ही रहते हैं। वह एक तरफ़ खड़े-खड़े कमेण्ट कर रही थी और हम जल्दी-जल्दी हर चीज़ करीने से लगा रहे थे। फिर बोली-तुम लोग अभी तक तैयार भी नहीं हो, ऐसा करो...मैं अपने लिए चाय बनाती हूँ तब तक तुम लोग जल्दी से कपड़े डाल लो। खाली अपने लिए? नसीर ने ताना मारा-नहीं, अपने और सलमान के लिए, तुम जाओ जल्दी तैयार

हो जाओ, तुम्हारे लिए चिराग बनायेगा चाय! आयं! नसीर चौंका और हम चारों हँसने लगे, एकदम दिल से। हमारे कमरे में ताज़ा हवा का एक झोंका आया था।

स्टीयरिंग सँभालते ही सोनिया चहकने लगी–बैठो बच्चो सैर पर चलते हैं। बोलो चिराग...हम कहाँ चल रहे हैं, मन्ना जी फ़ारेस्ट, कब्बन पार्क, रामबाग लेक या कहीं और। इससे पहले हममें से कोई कुछ बोलता, वह खुद बोली, जहाँ भी चलो, बस हम तो तुम्हें वहाँ पहुँचा देंगे...तुम लोग चिलैक्स करना, मैं तो कहीं कोने में दुबक कर अपना नॉवेल खत्म करूँगी। हमने डिसाइड किया रामबाग लेक ठीक रहेगा। दिन भर मस्ती करके शाम तक वापस भी आ जायेंगे। सोनिया ने ऑल्टो को जीपीएस पर किया, अपनी आस्तीन को थोड़ा फ़ोल्ड किया और आँखों पर काला चश्मा चढ़ा कर आराम से ड्राइव करने लगी।

नसीर उसकी बगल में आगे बैठा म्यूज़िक सिस्टम को कंट्रोल कर रहा था। शहर की हद से बाहर निकलते ही सोनिया ने स्पीड बढ़ायी और जैसा कि हम स्कूल-कॉलेज के दिनों में कहते थे, ऑल्टो हवा से बातें करने लगी। सोनिया ही समझ सकती थी ऑल्टो हवा से क्या बात कर रही है, क्योंकि हम ठहरे डीएल होल्डर माइनस ड्राइविंग। हमने अपनी हिन्दी किताब में एक निबंध पढ़ा था कि चिलचिलाती धूप में चल कर आने वाला व्यक्ति ही तरु की छाया का असली आनंद महसूस कर सकता है, वैसे ही जैसे सूख कर काँटा हुआ गला ही शीतल जल की अहमियत को समझता है। शहर के जिस इलाके सैदाबाद की तंग गलियों में हम रहते थे, और जहाँ रहते हुए पिछले दिनों हम पुलिसिया पूछताछ से दो-चार हुए थे, ऐसी स्थिति में शहर की सीमाओं से निकल खुली सड़क में, खुली हवा में हिन्दी इंग्लिश म्यूज़िक सुनते हुए तेज़ रफ़्तार से भागती ऑल्टो–जिसे आस्तीन मोड़े, काला चश्मा सर पर चढ़ाये नसीर की गर्लफ्रैंड सोनिया चला रही थी–यकीन मानिये, ऐसा महसूस हो रहा था जैसे चिलचिलाती धूप में दूर से चल कर आये थके-हारे व्यक्ति को किसी घने पेड़ की शीतल छाया नसीब हो गयी हो। नसीर 'हमराज़' फ़िल्म का गाना बजा रहा था–तुम अगर साथ देने का वादा करो, मैं यूं ही...। सोनिया ने वादा किया कि शाम को ट्रिप खत्म होने से पहले वह नसीर को ड्राइव करना सिखा देगी। बीच-बीच में वह नसीर को टिप्स देती जाती थी...फिर कुछ और दूरी तय करने के बाद उसने नसीर को सटा लिया, और स्टीयरिंग पर उसके हाथों को दिशा देने लगी।

शांताराव ढाबे पर इडली, डोसा, कॉफ़ी का नाश्ता लेने के बाद हम आगे बढ़े तो सोनिया साइड सीट पर थी और नसीर ड्राइविंग सीट पर। सीट बदल-बदल कर बैठने का सिलसिला चलता रहा जब तक कि हम रामबाग लेक नहीं पहुँच गये। झील के जल विस्तार को देख कर हमारे शरीर में जैसे बिजली दौड़ गयी। मत समझिये कि बिजली का झटका खाने वाले हम अकेले थे। हमारे पहुँचने से पहले ही वहाँ सैकड़ों हम उम्र लड़के-लड़कियाँ छप्प-छप्प कर रहे थे। कुछ ने तो इतना सारा पानी एक साथ पहली बार देखा था। अब उनका क्या कहें, उनकी सुनाने लगेंगे तो अपनी भूल जायेंगे। हमारा यह था कि हमने पहले से ही पानी देखा हुआ था, फिर भी वहाँ पहुँचते ही सबको देख कर ऐसा लगा कि अरे, हम तो पिछड़ गये। जल्दी कूदो, छप्प-छप्प करो नहीं तो पानी कहीं चला जायेगा। हमने झट कपड़े उतारे, अपने-अपने वॉलेट मोबाइल सोनिया को थमाये और आव देखा न ताव झम्म...झम्म। हमारी देखा-देखी सोनिया ने हमारी धरोहर को ऑल्टो में लॉक किया, अपना जैकेट उतार फेंका और जींस शर्ट में ही पानी में झम्म-झम्म। नसीर चिल्लाया-इधर नहीं आना...इधर नहीं आना, इधर गहरा है। रिटर्न में वह भी चिल्लायी उधर नहीं जाना-उधर नहीं जाना-उधर और गहरा है। सोनिया ड्राइव करना जानती थी तो नसीर तैरना। हम दोनों को कुछ नहीं आता था। इसलिए हम झम्म करने के बाद एक जगह खड़े होकर छप्प-छप्प कर रहे थे। और नसीर? आप अपनी आँखें बंद कर लीजिए तो बतायें। नसीर मियाँ अपनी गर्लफ्रेंड को तैरने की एबीसीडी सिखाने लगे। शिष्य गुरु बन गये और गुरु शिष्य। जिन अंगों से आदमी तैरना सीखता है उनको छुए बिना, चाहे कितना बड़ा गुरु हो, तैरना नहीं सिखा सकता। सर, पैर और हाथ ये तीन पुर्जे हैं जो शरीर को तैराते हैं। नसीर ने सोनिया के इन्हीं तीन पुर्जों को खूब छुआ, खूब छुआ, खूब छुआ। इतना कि वह जब झील से बाहर आयी तो तैराक बन चुकी थी। हम तीनों ने फिर खूब डुबकी लगायी और नहाते हुए सोनिया ने हमारा वीडियो बनाया, ढेर सारी पिक्चरें लीं-हम पोज़ देते रहे, वह फुदक-फुदक कर क्लिक करती रही। फिर हमने अपने-अपने मोबाइल से सेल्फी कैप्चर कीं। सलमान ने मेरे कैमरे में नसीर और सोनिया को एक साथ कैद किया। और फिर हमें भूख लग आयी। हमने जम कर फ़ास्ट फ़ूड आइसक्रीम, कोल्ड ड्रिंक का सेवन किया। शाम से पहले ही हम वहाँ से रवाना हो गये। रास्ते में सलमान

ने नसीर को चढ़ाया- भई, तुमने आज-की-आज में ड्राइविंग सीख ली और सोनिया ने स्वीमिंग, एक पार्टी तो बनती है। नसीर तो नहीं चढ़ा लेकिन सोनिया हमारी दिलदार दोस्त है। उसने होटल ताज के स्वैंकी रेस्तराँ में डिनर के लिए चार सीटें बुक करवा लीं। हम उछल पड़े। फ़ाइवस्टार डिनर के लिए हमने उसकी पीठ पर प्यार से घूँसे जड़ दिये। नसीर ने ज़रा ज़ोर का घूँसा जड़ते हुए कहा-थैंक्स डियर, कल तुम्हारे अकाउंट में पैसे पहुँच जायेंगे। सोनिया ने अपनी गर्दन झटकी-जिसका मतलब था-चलो हटो, पहले कभी किया है क्या!

मौज-मस्ती के बाद सैटरडे को जो सोये तो संडे को ही आँख खुली। आँख खुलवायी गयी!

भारत सरकार के कारिन्दे ठक-ठक कर रहे थे। आँख मिचमिचाते हुए नसीर ने दरवाज़ा खोला। फिर से वही तीनों थे। वन प्लस टू की शक्ल में। वे इस बार सादी वर्दी में थे। इंस्पेक्टर की रिवॉल्वर उसकी व्हाइट शर्ट से बाहर झाँक रही थी। सादी वर्दी में वे ज्यादा ही पुलिसवाले दिख रहे थे। पता नहीं आपने तीन डार्क स्किन वाले हृष्ट-पुष्ट व्यक्तियों को सफ़ेद कपड़ों में एक साथ कभी देखा है या नहीं, विशेषकर जब एक के पास रिवॉल्वर हो। हम अपनी बंडियों में ही सोये थे और उसी तरह जगा दिये गये थे। नसीर बंडी में ही सामने खड़ा था। हम बंडियों में ही लेटे-बैठे के बीच की मुद्रा में अपनी जगह से उन्हें देख रहे थे। सलमान बड़बड़ाया-अब यह क्या भाई, सुबह-सुबह ही फँसे...क्या गलती हो गयी।

पहले की मुलाकातों में हमने उन्हें खाकी में देखा था और उन्हें देख कर किसी तरह का डर नहीं लगा था। इससे पहले हम उनसे पूर्ण जाग्रत अवस्था में मिले थे, लेकिन इस बार जगाये गये थे-कच्ची नींद से। जगाने वाले सादी वर्दी में थे। हम चौंक गये थे...कुछ-कुछ सहमे, डरे भी शायद।

नसीर हाँ-हूँ कर रहा था। हम इसी तरह उठंगे कोने में पड़े अपनी जींस और शर्ट की तरफ़ देख रहे थे। वे तीनों नसीर को अंदर करते हुए अंदर चले आये।

कपड़े पहन लो। इंस्पेक्टर बोला।

हम यही तो चाहते थे।

कल कहाँ गये थे?

हम चौंके, लेकिन बता दिया।

हर वीकेंड पर इसी तरह जाते हैं।

नहीं जायेंगे तो बोर हो जायेंगे। पाँच दिन बहुत काम करते हैं।

हमने यह नहीं पूछा था। हाँ ना में बोलो।

जी नहीं, कभी-कभी।

कितना खर्च हुआ?

जितना भी, सब मिल कर बाँट लिया।

किसने स्पॉन्सर किया यह ट्रिप?

नहीं कौन करेगा। हम हँस दिये।

वह लड़की कौन थी?

हम चुप्प। एकदम चुप्प। इन्हें यह सब कैसे मालूम?

बोलो कौन थी?

हम नसीर की ओर देखने लगे।

वही है हमारी जीएफ। वह बोला।

हमारी मीन्स क्या? तीनों की? उसने मज़ाक जैसा किया।

नहीं सिर्फ़ मेरी। नसीर तल्ख था।

नाम क्या है?

हम चुप्प। एकदम। जिसकी जीएफ थी वह भी।

बोलो तुम्हारी गर्लफ्रेंड का नाम बोलो।

चुप्पी बरकरार रही।

वही स्पॉन्सर करती है क्या, काफ़ी रिच है, उसे भी कोई स्पॉन्सर करता होगा?

उसका नाम सना खान है। वह कुछ स्पॉन्सर नहीं करती है।

नसीर ने रूखेपन से जवाब दे दिया।

लेकिन फ़ोन पर तो तुम उसे सोनिया बुलाते हो। फ़ोन पर! हम चौंके।

तुम्हें यह सब कैसे पता इंस्पेक्टर, क्या हमारा फ़ोन सुनते हो? पर हम बोले नहीं। नसीर ने झल्लाहट के साथ अपनी गर्दन दूसरी तरफ़ मोड़ ली और फुसफुसाया-फ़क!

इसका मतलब है तुम चार हो...मतलब कि तुम चारों एक ही हो...चौकड़ी

है तुम्हारी। हम समझते थे वह सोनिया सिंह या सोनिया राव या ऐसे ही कुछ होगी।

हम उस इंस्पेक्टर को टकटकी बाँधे देखे जा रहे थे, बोले कुछ नहीं।

है न तुम चारों की चौकड़ी! उसने कुरेदा।

चौकड़ी? ऐसी कोई बात नहीं सर...। 'सर'। नसीर थोड़ा ढीला पड़ गया था। इंस्पेक्टर की बातें न जाने कौन-सी दिशा में जा रही थीं। हम चाह रहे थे वह सना को इस पूछताछ से हटाये। हमें बिलकुल अच्छा नहीं लग रहा था। पर हम चुप थे।

कल ताज में उसी ने पे किया? वह फिर बोला।

हम चुप रहे। हमारा बस चलता तो हम चुप न रहते, बहुत कुछ बोलते, वह यह सब कैसे पूछ सकता है।

क्या, सही? उसने हमारी आँखों में आँखें डाल दीं।

सलमान ने सँभाला—सर, आपको तो सब मालूम है। दरअसल सना नसीर को बहुत चाहती है...उसी ने पे कर दिया। कभी यह पे कर देगा। हमारा ऐसे ही चलता है।

कैसे चलता है, और बताओ। वह हमें बच्चा समझ रहा था।

यही कि कभी हम पे कर देते हैं...कभी कोई और तो कभी कोई। बेंगलूरु में सब ऐसा ही करते हैं।

हम भी तो बेंगलूरु में रहते हैं हम तो ऐसा नहीं करते।

हमें इंस्पेक्टर से ऐसी उम्मीद नहीं थी। हम समझते थे पढ़ा-लिखा बंदा है। वे तीनों हँसने लगे थे। हम और सलमान उन्हें खाली देख रहे थे। नसीर ने मुँह बिचकाया—ह्वाटेवर!

अच्छा बताओ कि कहाँ रहती है?

बीटीएम के आउट में, आईबीएम में काम करती है, बारह लाख का पैकेज है। नसीर ने साफ़-साफ़ बता दिया।

वह पॉश एरिया है, तो तुम लोग यहाँ क्यों रहते हो?

हम चुप रहे।

किसी ने कहा है यहाँ रहने के लिए? कार कहाँ रखते हो?

मस्जिद के बगल में। इमाम साहब ने कहा रख लो।

इमाम साहब?

जी, उन्होंने कहा जगह खाली है रख लो।

इमाम साहब ने कार के पैसे भी दिये क्या? अच्छा यह बताओ, जब तुम लोग ड्राइव नहीं करते तो कार क्यों खरीदी? क्या मिस्ट्री है?

नसीर ने कहा बताता हूँ। गाड़ी होगी तभी तो ड्राइव करेंगे। गर्लफ्रैंड ताना मारती थी। इसलिए खरीद ली।

ये बात हुई...तुम्हारी गर्लफ्रैंड तेज़ लड़की है...ड्राइव भी करती है। तुम लोगों में लड़कियाँ इस तरह कहाँ होती हैं...।

जी, सर जी, सर आप ठीक कहते हैं...नहीं होती हैं लेकिन अब...कुछ चेंज...

अच्छा चलते हैं...फिर आयेंगे। इंस्पेक्टर ने नसीर को बीच में ही काटा और तीनों बाहर निकल गये।

बाखुदा हम नहीं चाहते थे ये तीनों फिर यहाँ आयें...खास तौर से सादी वर्दी में...रिवॉल्वर अंदर खोंस कर। उनके कुछ ज़्यादा ही चक्कर लग चुके थे और अब हमें यह काफ़ी डिस्टर्ब कर रहा था। हमने महसूस किया कि शायद जिस जगह हमारा बसेरा था...जहाँ हमारी कार खड़ी होती थी...जिन लोगों के साथ हम दिखायी पड़ते थे, जिनके होटलों में हम सस्ती बिरियानी और चाय-टोस्ट खाते थे वह पुलिसवालों को खटकता था। अब इनका बार-बार आना या हमें थाने बुलाना, हमारे मूवमेण्ट पर नज़र रखना, हमें बहुत भारी पड़ रहा था। हम इसके इंप्लीकेशन को भी समझ रहे थे। और आज तो इन्होंने इसमें सना को भी घसीट लिया। सलमान ने कहा कि सही बात यार; पैसा कमा कर, गाड़ी रखकर भी ऐसी गंदी जगह रहेंगे तो यही होगा। ये लोग हम पर शक कर रहे हैं कि हम यहाँ किसी मिशन पर हैं...किसी एक्टीविटी में इन्वॉल्व्ड हैं। कलीग्स को ऐड्रेस बताने में शर्म आती है, देखो उस दिन एजेण्ट कैसा-कैसा कह रहा था। हमें जगह बदल लेनी चाहिए। नसीर ने भी हाँ में हाँ मिलायी-एक तो ऑल्टो के लिए यह जगह प्रॉपर नहीं है, यहाँ कोई दूसरी पार्किंग भी नहीं जिसे किराये पर लें...सैदाबाद गली में गाड़ी ड्राइव करना भी...और तो और हमारी बंदी भी यहाँ आने में नाक-भौं सिकोड़ रही थी और आने के बाद कैसा मज़ाक उड़ा रही थी।

पुलिसवालों के जाने के बाद हम इस मुद्दे पर बहुत देर तक उलझे रहे।

मुझसे अगर आप ईमानदारी से पूछें तो मैं तो इस मुद्दे पर और भी गहराई से सोच रहा था। अरे भाई, जहाँ बाप-दादा गंधा गये, उसके परे भी दुनिया है। ऐसी दुनिया है, ऐसी गलियाँ हैं, रास्ते हैं, बरामदे हैं, मुँडेरें हैं, जहाँ लोग रहते हैं। जहाँ रिक्शे पर सात-सात सदस्यों का एकल परिवार सिकुड़ा-मुकुड़ा ठुसा नहीं बैठा रहता-जहाँ हर घर में एक-एक नहीं, दो-दो, तीन-तीन कारें होती हैं और उन्हें रखने की जगह मयस्सर रहती है। चलो भाई चलो, सलमान और नसीर, चलो, बकरी, मुर्गी के पाखाने से सनी गलियों, बरामदों और कबूतरों, चीलों से सजी छतों, मुँडेरों को छोड़ कर कहीं और रहनवारी की जाय। सलमान ने अपनी कही-भइये, अगर भविष्य में अपनी कम्पनी डालनी है और गूगल और अमेज़ॉन से टकराना है तो हमें वहाँ रहना चाहिए जहाँ ये पुलिसवाले पर मारने की हिम्मत न कर सकें। जहाँ हम पर कोई शकोशुबहा न करे। और जगह तो इनकी मजाल नहीं किसी से ऐसे पेश आयें जैसे ये साले हमें सता रहे हैं। ये हमारी पुतलियों की फ़ोटो खींचने का क्या मतलब? साग-मूली समझ रखा है! साले खुद तो क्राइम करवाते हैं, और हमें क्रिमिनल समझ रहे हैं।

और नसीर का अपना ही इंटरेस्ट है-ऐसी जगह रहो जहाँ सोनिया आ-जा सके। जैसे ही मैंने यह कहा, वह सेंटी हो गया-नहीं यार, ऐसी बात नहीं। मेरी बात समझो...साले को पागलों की तरह पढ़ाई-लिखाई की, मेहनत की, नौकरी से लगे, ब्रांडेड कपड़े पहनने लगे, बेंगलूरु का कौन-सा रेस्तराँ है जिसमें खाना नहीं खाया। गाड़ी नहीं थी गाड़ी भी ले ली, चलाना नहीं आता था गर्लफ्रेंड ने चलाना भी सिखा दिया। लेकिन भाई, सच कहता हूँ ध्यान से सुनना ब्रदर और गलत कहूँ तो दस जूते मारना। गर्लफ्रेंड तब तक बेगम नहीं बनने को राज़ी होगी जब तक यह साली सड़ियल जगह नहीं बदलते। हम उसकी दिल्लगी सुन कर जो हँसे तो हँसते चले जाते थे। लेकिन उसकी बात खत्म नहीं हुई थी-चलो कोई स्टेटस की जगह तलाशो जैसे कम्पनी के और लड़के रहते हैं। न तो वहाँ अयोध्या और गोधरा की कसम खाने वाले टकरायेंगे न ही ये साले खाकी वर्दी वाले...। हमारी हँसी रुकी तो तय पाया कि कल पहली फुर्सत में नयी रिहाइश तलाशेंगे।

दूसरे दिन शाम को मैं और सलमान ब्रिगेड पर तफरी मार रहे थे कि सामने से सना आती दिखायी पड़ी-हमारी तरफ ही आ रही थी। बड़े अच्छे मूड

में थी...वह हमेशा ऐसे ही रहती है। आते ही चहकी-ब्वायज़, तुम लोग यहाँ क्या कर रहे हो। ऑफ़िस से जल्दी छूट गये क्या...अरे हमारा बंदा कहाँ है...आई एम डाइंग टु सी हिम...अच्छा तब तक तुम लोग बताओ कैसी लग रही हूँ...अच्छा पहले ये कैंडीज़ लो और अब बताओ...कैसी लग रही है सना खान आज। मैंने कहा-कूल। सलमान ने कहा-डेडली। वह बोली-थैंक्स बट नो थैंक्स, पहले बोलो हमारे 'वो' कहाँ हैं?

जल्दी ही नसीर आ गया और हम कॉफ़ी कैफ़े डे में बैठ कर सलमान के लैपटॉप पर पिकनिक की पिक्स देखने लगे। शॉर्ट्स में नहाते हुए हमारी तस्वीरों को देख कर वह बनावटी गुस्से में बोली-शेम-शेम, नंगू-नंगू तुम लोग...कपड़े नहीं हैं क्या तुम्हारे पास। पर कुछ तस्वीरें उसने पसंद भी कीं-जैसे कि वो जिसमें हम चारों एक-दूसरे के कंधे पर हाथ रखे हुए ऑल्टो के बगल में खड़े थे, एक वह जिसमें वह सर पर सलमान की कैप और गले में नसीर का स्कार्फ़ फँसाये खड़ी है, वह भी जिसमें वह नसीर को ड्राइविंग सिखा रही है, और वह भी जिसमें नसीर उसके तीनों पुर्ज़ों को बारी-बारी से पकड़ कर स्वीमिंग सिखा रहा है। एक तस्वीर वह भी थी जिसमें पेड़ की आड़ में नसीर उसको किस जैसा कुछ कर रहा है। इस तस्वीर को स्क्रीन पर ज़ूम करते हुए वह चिल्लायी-अच्छा बताओ यह किसने क्लिक किया, बताओ-बताओ किसने किया? मैंने सलमान को फँसा दिया। सलमान को सोनिया ने खूब घूँसे जड़े। और तब जाकर छोड़ा जब सलमान कॉफ़ी और केक के पैसे देने को राज़ी हो गया। फिर हमने अपने-अपने फ़ेसबुक पर पिक्स पोस्ट किये और झमाझम लाइक की बौछार होने लगी। हममें सबसे कंजूस वही था। बट सरप्राइज़ ऑफ़ सरप्राइज़ेज़, आज उसने एक दरियादिली दिखायी। मोबाइल के रिमाइंडर पेज पर 'सोनिया बर्थडे' दिखाते हुए मेरे कान में फुसफुसाया-आज इस कुड़ी का जन्मदिन है, इसके लिए मेरे पास गिफ़्ट है। उसने अपने बैग से सोनिया की पसंद के अंग्रेज़ी नॉवेल और मूवी की दो टिकटें निकालीं और बोला-सोनिया के बर्थडे पर तुम दोनों जाकर मूवी देख लो। किताबें देख कर सोनिया सचमुच खुश हो गयी—हाऊ थॉटफुल ऑफ़ यू, सलमान, थैंक्स डियर। मूवी की टिकटें सोनिया को दिखाते हुए नसीर ने भी सलमान को थैंक्स कहा और अपनी महबूबा से बोला-चल भई सोनिये, आज की शाम सलमान के नाम। और सुन, किताबें चिराग के पास रखवा दे, मूवी में

इनका कोई काम नहीं, बेकार में डिस्टर्ब करेंगी। चिराग पढ़ता रहेगा। आखिर अपनी चौकड़ी में तेरे बाद चिराग ही तो है जिसकी समझ में ये किताबें आती हैं। 'चौकड़ी' सुन कर हमें पुलिस वाले याद आ गये, और हमने उन पर दिल खोल कर लानत भेजी कि उनकी वजह से हमें अब दर-ब-दर होना पड़ेगा।

जाते-जाते सोनिया ने हमें एक बात बतायी जो हमारे लिये डिस्टर्बिंग थी लेकिन उसने उसे खास तवज्जो नहीं दी थी। बोली, पुलिसवाले रूटीन चैकिंग में हमारे पीजी में आये थे। डिटेल्स ले रहे थे। कहाँ की हूँ, कहाँ काम करती हूँ, कब से बेंगलूरु में हूँ, और यह कि उन तीनों में से मेरा ब्वायफ्रैंड कौन है—कौन है? सलमान ने तपाक से पूछा। तीनों, मैंने पुलिसवालों को बता दिया, सोनिया आँखें मटकाते हुए बोली और नसीर का हाथ पकड़ कर फुर्र हो गयी बर्थडे सेलीब्रेट करने।

साले हाथ धो के पीछे पड़ गये हैं, सलमान बुदबुदाया।

उनके जाने के बाद हम रियल एस्टेट एजेण्ट्स के बारे में चेक करने लगे। इसके अलावा हम यह भी देख रहे थे कि क्या कुछ ऐसी जगहें हैं जहाँ हम बिना बिचौलियों के जाकर बात कर सकते थे। घर तलाशना कोई हँसी-खेल नहीं। नेट पर चोपड़ा, शेरा चोपड़ा, के नाम से एक एजेण्ट विराजमान था। काफ़ी अच्छी प्रोफ़ाइल थी उसकी, एक फुल पेज की। काम की गारंटी, बजट के अनुसार रिज़ल्ट देने में उस्ताद होने का दावा, मिनिमम कमीशन। हमने कॉल किया। जो जवाब आया उससे लगा प्रोफ़ाइल भले भारी है, लेकिन सामने वाला हल्का-फुल्का ही है-पर है चलता पुर्ज़ा। बोला—इस समय कहाँ बैठे हो सर जी, पाँच मिनट में पहुँच सकता हूँ बेंगलूरु में कहीं से कहीं भी। बातचीत से लग रहा है आप भी नॉर्थ के हो...अपनी ही तरफ़ के, चोपड़ा उड़ती चिड़िया के पर गिन लेता है साब जी। देखो, यहाँ धंधा करने आया हूँ और आज दस साल हो गये, कहीं भी पता कर लो चोपड़ा के बारे में। सारे इंजीनियर भाइयों को मैं ही बसाता हूँ...हा-हा-हा-हा।

हम हाँ-हाँ अच्छा, ठीक, ओके कर रहे थे, वह फ़ोन छोड़ने का नाम नहीं ले रहा था। छोटे से...एकदम इत्ते से 'कट' पर काम करता हूँ। सुन लो जी, अगर दो पैसे लेता हूँ तो काम करके देता हूँ...खुश कर देता है चोपड़ा उनको जो उसको याद करते हैं। क्योंकि मेरा तो फ़ंडा है, सामने वाला सैटिस्फ़ाइड है

तभी दो पैसे देगा सर जी। धंधा करता हूँ तो दो पैसा हमें भी बचना चाहिए।...हाँ बताइये, कहाँ आ जाऊँ? वैसे आप तो आईटी के बंदे लग रहे हो और आईटी के बंदों का हैंगआउट प्लेस ब्रिगेड है, वहीं हो ना...ठीक है मैं आता हूँ। हूँ... ब्रिगेड पहुँच के मैं कॉल करता हूँ।

चोपड़ा आया। मस्त बंदा था। कार और फ़ास्ट बाइक के ज़माने में भी वह स्कूटर से आया। फ़ोन किया तो हमने बता दिया कि हम कहाँ खड़े हैं। उसने दो मिनट में अपनी पुरानी-सी स्कूटर हमारे पैरों के सामने लगा दी। चोपड़ा हूँ बाऊ जी...वह दाँत निपोरते हुए सामने खड़ा हो गया। कहीं बैठोगे...अच्छा बैठो तो बैठो...नहीं तो खड़े-खड़े देख लेते हैं। आपकी प्रेफ़ेरेंस क्या है, बोलिये। अभी दो बंदों को सेटल करके आ रहा हूँ, बात करा दूँ कहो तो। वह अपना मोबाइल निकालने लगा। मोबाइल पर किसी का कॉल आ गया। वह कहने लगा—बैठाओ-बैठाओ, पानी-वानी पिलाओ, डिटेल्स नोट करो, बस मैं पाँच मिनट में पहुँचा, जाने मत देना बे, इनका काम भी करना है, और उनका भी काम करना है, सबका काम करूँगा भाई, काम करने के लिए ही पैदा हुआ है चोपड़ा, बिना काम के रोटी नहीं मिलती सर जी, है कि नहीं। बताओ क्या करूँ आपके लिए? फिर मोबाइल बजा तो साइलेण्ट पर करते हुए बोला—देखा जी, फ़ोन से बात बनती नहीं, लेकिन लोग-बाग हैं कि सोचते हैं कि बस मूवमेण्ट न करना पड़े और काम हो जाये, वह भी नम्बर एक का काम। काम है तो आ जाओ, ऑफ़िस में। जो बात मुँह पे होती है, वही ठीक होती है। इसीलिए भाग के आ गया। भाग के कहाँ आये, स्कूटर से आये, सलमान बड़ी देर के बाद कुछ बोला। चोपड़ा ने सलमान को देखा, फिर देखा-वाह जी, वाह, क्या कहा है सर जी, दिल जीत लिया आपने। अब जल्दी से बोलो, क्या रिक्वायरमेण्ट है। सलमान उसकी चैटर पर मुस्कुराये जा रहा था।

मैंने बोलना शुरू किया-देखो चोपड़ा जी हमने शुरू किया ही था कि उसने टाँग अड़ा दी-भाई देखो हम बिज़नेस करने नहीं निकले हैं...बिज़नेस करते तो आपको ऑफ़िस में आना पड़ता...जैसे दो बंदे उधर मेरा वेट कर रहे हैं। हम तो भाई समझ कर इधर आपके पास चल कर आ गये...कहना यह है कि मेरा नाम शेरा चोपड़ा है, मेरे नाम में 'जी' नहीं लगा है, खाली चोपड़ा कहो सर जी। चलो बोलो। सलमान ने फिर मुस्की काटी। मैंने कहा कि ठीक है आगे से ध्यान

रखूँगा। बात यह है भाई कि हमें घर चाहिए। हम जहाँ रह रहे हैं...। घर? उसने चौंक कर फिर हमारे वाक्य को पूरा होने से रोक दिया-घर तो बहुत बड़ी चीज़ हुई बाऊ जी। घर तो पीछे छोड़ कर आप इधर को आ गये। घर तो छोड़ कर हम भी इधर पड़े हुए हैं। यहाँ घर कैसे आपको मिल सकता है...ठिकाना कहिए, कमरा कहिए, अड्डा कहिए, फ़्लैट कहिए, डेरा कहिए। वही, मेरा मतलब उसी से है, एक ढंग का कमरा...छोटा-मोटा फ़्लैट...ऐसी जगह जहाँ...एक छोटी-सी फ़ोर व्हीलर है...उसे भी जगह मिल जाये।

पूरी बात को चोपड़ा ने ध्यान से सुना लेकिन फ़ोर व्हीलर पर अटक गया। सलमान समझ गया, वह दूसरी ओर ताकने लगा। उसकी मुस्कुराहट रुक नहीं रही थी। चोपड़ा ने धीरे से कहा-छोटी-सी फ़ोर व्हीलर! नैनो है क्या? भई देखो, नहीं लिया है तो मत लो। ले लिया है तो बदल लो। कोई दूसरी लो सर जी, जिससे फ़ोर व्हीलर का एहसास हो, लगे कि आपके पास गाड़ी है, जगह तो मैं दिलाऊँगा, एक नहीं दो पार्किंग स्पेस के साथ। खुद भी चौड़े होकर रहो, फ़ोर व्हीलर को भी रखो। अब बोलो।

उसकी बातों से अब मुझे भी उलझन होने लगी थी। लेकिन एक बात थी, आदमी बातूनी था, पर था काम का। मैंने धीरे से कहा-चोपड़ा यार ऑल्टो है, जल्दी से काम की बात कर लेते हैं।

किस एरिया में? झट बोलो, अभी फ़ाइनल किये देता हूँ, यहीं खड़े-खड़े। फिर उसने बेंगलूरु के तमाम इलाकों के नाम गिना डाले-जहाँ हमें ठिकाना मिल सकता था। कई इलाकों के नाम तो हमने सुने भी नहीं थे। देखो भाई, जगह प्रॉपर होनी चाहिए! प्रॉपर मतलब? वह फिर से अटक गया। देखा जी, आप टेकी हो, आईटी से हो तो...प्रॉपर तो मिलेगी ही। अब बताओ किधर चाहिए?

हमने अपना प्रेफ़ेरेंस बताया-बीटीएम ले आऊट इंदिरा नगर, मालेश्वरम, फ्रेज़र टाउन...।

इसी बीच सलमान के मोबाइल से मैंने नसीर को एसएमएस किया-ड्यूड क्या सीन है।

उसका जवाब आया-मूवी इज़ बिग बोर-लेकिन हम एन्ज्वाय कर रहे हैं। मैंने सलमान से कहा लिख दो-सँभल के बच्चे। नसीर ने फिर कुछ रिप्लाई नहीं

किया। अलबत्ता सोनिया का मैसेज आया-एक...तुम्हारा दोस्त बड़ा भोला है...
डरपोक, हा-हा-हा।

चोपड़ा ने रुक-रुक कर इन जगहों का नाम कुछ इस तरह दोहराया-
बीटीएम ले आउट...ओके इंदिरा नगर...ओके मालेश्वरम ठीक है फ़्रेज़र टाउन...
यस-यस। फिर उसने मेरी ओर देखा-जगह तो प्रॉपर है, पॉश है क्लास लोग
रहते हैं यहाँ, रेण्ट लगेगा बाऊ जी। फिर भी कितना, मैंने पूछा। अच्छा रुको
मैं देखता हूँ...मेरे ऊपर छोड़ दो आप...मैं देखता हूँ...जितना बारगेन मिलेगा
मैं आपको दूँगा...आप ऐसा करो लगे हाथों अपनी आईडी की कॉपी दे दो...मैं
कल आपको डील देता हूँ...बेस्ट डील। मेरे वॉलेट में आईडी की फ़ोटो कॉपी
पड़ी थी मैंने दे दी। चिराग! वह बुदबुदाया...क्या मतलब, आप? आप क्या
हैं...चिराग? आप गुजराती हैं। नहीं-नहीं मैं यूपी का हूँ...हम सभी वहीं से
हैं, क्यों? वह आईडी देखता खड़ा रहा। फिर बोला, कुछ कनफ्यूज़न हो रहा
है बाऊ जी...आजकल देखना पड़ता है, मकान मालिक को बताना पड़ेगा...
डोण्टमाइंड...आप क्या हो? हिन्दू या मुसलमान, आजकल ऐसे नाम चलने लगे
हैं कि कुछ पता नहीं चलता।

हिन्दू या मुसलमान से क्या, किराया देंगे, रहेंगे, दैट्स ऑल। सलमान ने
और करीब आते हुए कहा।

दैट्स ऑल नहीं बाऊ जी...इश्यू है...यहाँ पर इश्यू है...अगर आप मुस्लिम
हैं तो इन इलाकों में...पहले तो मिल जाता था...पर अब आपको घर नहीं
मिलेगा। कोई बंदा नहीं तैयार होगा कितना भी किराया दे दो...एक तो आप
अकेले नहीं...आप दो हो।

दो नहीं, तीन हैं। मैंने उसे सुधारा।

तीन नहीं, चार हैं, चौकड़ी है, सलमान ने हँसते हुए कहा। चोपड़ा ने पहले
मुझे देखा, फिर सलमान को। क्या मतलब? आप चार लोग रहोगे? नहीं, तीन।
मैंने उसे करेक्ट किया। आप तीनों मुस्लिम हो? वह मेरी आँखों में झाँक रहा था।
मैं चुप रहा। उसने कहा, कोई चांस नहीं सर जी, दूर-दूर तक कोई चांस नहीं, कोई
नहीं रखेगा आपको...एक अकेले आप होते तो शायद...। वह गर्दन हिलाने लगा।

क्यों, क्यों हम भारत माँ के पेट से नहीं पैदा हुए क्या? मैंने मज़ाक किया।

देखिये, मेरे 'क्यों-क्यों' पर चोपड़ा ने बिगड़े हालात और बिगड़े माहौल

पर लम्बी चौड़ी बातें कीं। हम दोनों चुपचाप सुनते रहे। ऐसा नहीं था कि बड़े भोले थे और चोपड़ा की बातें नहीं समझ रहे थे। हम छोटी जगहों से थे तो हमें बहुत कुछ पता था...पर इसी से तो उबरना चाहते थे, इसी सबसे बाहर निकलने के लिए तो हम उतनी दूर से बेंगलूरु आये थे। जहाँ तक मेरा सवाल है, जहाँ तक सलमान का सवाल है, जहाँ तक नसीर का सवाल है, हम इससे परे देखना चाहते थे। 1992 में हम बच्चे रहे होंगे, लेकिन इतने बच्चे भी नहीं थे, गोधरा और अहमदाबाद के समय तो हम बड़े हो चुके थे। अमरीका में हुए नाइन इलेवेन, पार्लियामेण्ट अटैक, तमाम शहरों में बम ब्लास्ट, मुम्बई और गुजरात के दंगे...सब मिक्स्डअप था हमारे ज़ेहन में। एक को दूसरे से अलग करके देखना हम नहीं जानते थे। हमारे मुहल्लों में चर्चा होती थी कि एक की वजह से दूसरा होता है और दूसरे की वजह से पहला। फिर हमसे पूछा जाता था कि तुम किधर हो? बस यही हम समझ नहीं पाते थे कि हम किधर हैं, हमें किधर होना चाहिए? हमें वहाँ घुटन होती थी। लॉजिकल होने में परेशानी होती थी। इनकी कहो तो वो नाराज़ उनकी कहो तो ये। अपनी कहने की गुँजाइश नहीं बन पाती थी। सोचते, भला पढ़ाई-लिखाई करने का फ़ायदा ही क्या जब मन की कह न पाओ। हम इस पचड़े से, इस मकड़जाल से बाहर निकलना चाहते थे...और जब निकले तो सीधे बेंगलूरु पहुँचे। घुटन कम हो गयी, लॉजिकल होना यहाँ लोग बुरा नहीं मानते थे, लेकिन कलीग्स से, बॉस से, पब्लिक प्लेस पर कुछ बातों पर चर्चा करने से हम यहाँ भी बचते रहे थे। आपस में भी नहीं करते थे ज़रूरत ही नहीं थी। लगता था कि उसके अलावा इस शहर में कितना कुछ है बतियाने को। यह सब ऐसे ही मज़े से चल रहा था जब तक कि उस मनहूस सुबह...जब हम आउटिंग से लौट कर गहरी नींद में सो रहे थे और पुलिस वाले सादी वर्दी में, जिनमें एक के पास काले रंग की रिवॉल्वर थी, आ धमके थे।

दूसरे दिन सोनिया ने हमें मालेश्वरम में ड्रॉप किया और ऑल्टो लेकर चली गयी यह कहते हुए कि दो घंटे में वह फिर वहीं से हमें पिकअप करेगी और फिर फ़ोरम में महफ़िल जमेगी। मालेश्वरम में हमें किन्हीं एम. नागेश्वर से मिलना था। नेट पर उनका पोस्ट था—फुली फ़र्निश्ड एकमोडेशन, फ़र्स्ट रूम विद किचन ट्वायलेट टेरेस...। टेकीज़ प्रेफ़र्ड। रेण्ट निगोशियेबुल। पार्किंग ऑन एक्स्ट्रा नॉमिनल चार्ज। सारी बातें साफ़ थीं। हमें ऐसी ही जगह चाहिए थी। हम

वहाँ बस रेंट फ़ाइनल करने गये थे। हमने बेल बजाया। फिर बजाया। अंदर कुछ हरकत हुई...खरखराहट...सरसराहट...चट-चट-चट। एक महिला ने दरवाज़ा खोला। उन्हें शायद नहीं मालूम था कि हम उनके पति से फ़ोन पर बात करने के बाद ही उनके घर की कॉल-बेल बजा रहे थे। दरवाज़ा खोल कर वे खड़ी रहीं कि हम कुछ बोलें-हम क्यों आये हैं। इससे पहले कि हम कुछ बोलते, एक पुरुष- एम. नागेश्वर ही रहे होंगे-की आवाज़ अंदर के कमरे से आयी-सुनंदा बैठा दो, बुलाया है मैंने। बिना कुछ बोले रास्ते से हट गयीं वह और हम अंदर दाखिल हो गये। वह अंदर चली गयीं और हम उनके खूब बड़े से ड्रॉइंगरूम में रखे गद्देदार मखमली सोफ़े पर एक-एक कर धँस गये। वही महिला फिर से वापस आयीं- ट्रे में तीन गिलास पानी रखे हुए। ट्रे सेण्ट्रल टेबल पर रखी और बोलीं-पानी लो। हमने दो-दो घूँट पानी ले लिया। जैसा उन्होंने कहा, वैसा हमने किया। वह बोलीं कि चलो जगह देख लो, फ़र्स्ट फ़्लोर पर है। देख लो फिर बात करेंगे। हमने देख लिया। अब सिर्फ़ बात करनी थी। अब एम. नागेश्वर जी की एंट्री।

देखिये, अगर कोई अपने ड्रॉइंगरूम में बैठाने के बाद काफ़ी इंतज़ार के बाद आपके सामने आये तो समझिये वह बंदा कुछ होगा। एम. नागेश्वर सफ़ेद रंग की अमेरिकन पोलो टी-शर्ट, नीले रंग के ट्रैक सूट का ट्राउज़र और पैरों में साधारण सी हवाई चप्पल पहने हुए आये और सामने वाले सोफ़े पर बैठ गये। टी-शर्ट और ट्राउज़र पर हवाई चप्पल! इस परिधान में कोई अपने ड्रॉइंगरूम में बैठा है तो समझिये अपने बाप-दादा के घर में या अपने और अपने बच्चों के पैसों से बनवाये घर में बैठा है...एकदम रिलैक्स्ड, कॉन्फ़ीडेण्ट...केयर फ्री। आपको किराये पर घर लेना है तो उनकी बात सुनिये। उनकी शर्तें मानिये नहीं तो जाइये। वे आपके पीछे नहीं दौड़ने वाले। आप नहीं तो कोई और आयेगा, नहीं तो कोई और आयेगा, नहीं तो वे खुद ही उसको अपना नया ड्रॉइंगरूम कम स्टडी बना लेंगे। किरायेदार के किराये से उनका घर नहीं चलता है। एम. नागेश्वर जी से हमारी बात कुछ इसी तरह शुरू हुई। वे हिन्दी और इंग्लिश मिला कर बोलते थे। और कभी-कभी दो-दो मिनट तक बोलते ही नहीं थे। आई डिड माई मास्टर्स इन फ़िज़िक्स फ़्रॉम बेंगलूरु यूनिवर्सिटी इन नाइंटीन सेवेन्टी टू। फ़िफ़्टीन ईयर्स आफ़्टर दि डेथ ऑफ़ माई फ़ादर। आई वेण्ट टु अमेरिका,

डिड माई रिसर्च इन न्यूक्लियर फ़िज़िक्स। आई स्टेड देयर फ़ॉर फ़िफ़्टीन ईयर्स। मेरे पूर्वजों की ज़मीन थी, इसी पर हमने यह घर बनाया, जस्ट फ़िफ़्टीन ईयर्स बैक। सलमान ने धीरे से कहा-सर आपके सारे काम फ़िफ़्टीन ईयर्स के गैप पर होते हैं! वे ठठा कर हँसे और बिना हमारी परवाह किये देर तक हँसते रहे। ये हुई ना बात! बूढ़ी उम्र में टी-शर्ट, ट्रैक सूट और हवाई चप्पल पहन कर कोई भी आदमी किराये के ड्रॉइंगरूम में बैठ ही नहीं सकता। बैठ भी जाता तो इतना ज़ोर से...मज़े से हँस नहीं सकता था। जिसका अपना घर होता है या जो अपने बाप की ज़मीन पर बैठा होता है उसे ही यह विशेषाधिकार प्राप्त होता है। हमारा घर कहाँ है भाई, कोई बताओ।

हँसी रुकी तो बोले—जगह देख ली ?

यस सर।

पसंद है ?

यस सर।

तीनों एक साथ रहोगे ?

यस सर।

तब कुछ एक्स्ट्रा लगेगा।

नो प्रॉब्लम सर।

वाटर हम, इलेक्ट्रिसिटी तुम।

राइट सर।

टाइम पर रेण्ट खुद दे जाओगे।

एग्रीड सर।

क्या करते हो ?

सॉफ़्टवेयर इंजीनियर हैं सर।

बेंगलूरु में और है ही क्या।

यस सर, यस सर।

चोपड़ा, खुद आकर देख, सभी एक जैसे नहीं होते हैं। ये वाले अंकल कितने अच्छे हैं! इस ड्रेस में कितने यंग दिख रहे हैं, और हवाई चप्पल में कितने कैज़ुअल। खूब ज़ोर से हँसते हैं, और छोटे-छोटे सिम्पल-सिम्पल प्रश्न पूछते हैं। बात पक्की हो गयी ना। तू कहता था...।

नाम क्या है ?

नाम ? (किसका...क्यों, इसकी क्या ज़रूरत पड़ गयी ?)

हम थोड़ा-सा विचलित हो गये, गड़बड़ा गये...।

नाम क्या है तुम्हारा ? आईडी दिखाओ।

इस बार मेरा हाथ साइड पॉकेट की ओर बढ़ चला। चोपड़ा का चेहरा बिजली की तरह कौंध गया। पुलिस वाले दरवाज़े पर ठक-ठक करने लगे। मेरा नाम क्या है ? अब झंझट होने वाला है, और क्या।

मैंने अपना और सलमान का आईडी बढ़ा दिया। चिराग को लेकर किसी को संशय क्यों रहे। सलमान से तुरंत सब साफ़ हो जायेगा।

जब तक वे हमारा आईडी देख रहे थे, हमारी साँस ऊपर की ऊपर, नीचे की नीचे...। कैसे बयान करें वह क्षण। नसीर के चेहरे का रंग थोड़ा उड़ सा गया, जबकि उसकी आईडी उसकी जेब में थी। जब एम. नागेश्वर आँखें गड़ाये आईडी को पढ़ रहे थे-कभी इसको तो कभी उसको-मैंने अपनी आँखें सीलिंग फ़ैन पर टिका दीं। कुछ पूछेंगे या बोलेंगे तभी मैं उनकी तरफ़ देखूँगा। नहीं तो सीलिंग फ़ैन को ही दोस्त बनाये रहूँगा, जब तक कि वे हमारा कार्ड मुस्कुराते हुए लौटा नहीं देते...चलो कम ऑन ब्वायज़, कल से शिफ़्ट हो जाओ। तुम लोग आ जाओगे तो अच्छा लगेगा। मेरे बच्चे बाहर हैं, तुम लोग मेरे बच्चों की तरह यहाँ रहो। सुनंदा तुम्हारी आँटी होगी और मैं अंकल। वह तुम्हें इडली वड़ा सांभर और चटनी खिलायेगी, बदले में तुम शाम की सब्ज़ियाँ ला दिया करना। और हाँ, पार्किंग का कोई चार्ज नहीं। अब देर न करो। कल से आ जाओ। नहीं तो आज से ही।

उन्होंने दोनों कार्डों को एक-एक कर बगल में खड़ी पत्नी सुनंदा को दिखाया-वन, टू। फिर सेण्ट्रल टेबल पर रखा वन, टू। और फिर पहली उँगली से कैरम की गोटी की तरह हिट करके हमारी ओर सरका दिया-वन, टू। अब मैं सामने पड़े आईडी कार्ड की ओर देख रहा था और वे सीलिंग फ़ैन को-किन्चित मुस्कुराते हुए। ऐसी मुस्कुराहट जो सब कुछ थी लेकिन मुस्कुराहट नहीं थी। सब कुछ उल्टा-पुल्टा हो गया। उन्होंने तो यह सोचा ही नहीं था। इसका तो प्रश्न ही नहीं दिमाग में आया था कि जिसको अपने घर में, अपने सर पर रखेंगे उसके नाम की स्पेलिंग ऐसे कैसे बदल गयी। ये लोग कौन हैं जो सामने बैठे

हैं...ये कहाँ से आ गये मेरा मकान किराये पर लेने। इन्हें किसने भेजा है आखिर, किसके लिए काम करते हैं ये। जिसने फ़ोन पर बात की थी ये वही तो हैं, लेकिन देखा सुनंदा, अब ये वो नहीं है। देखा इनकी सीनाज़ोरी। पानी पीया, सोफ़े का आनंद लिया, मकान की सैर भी कर ली, लेकिन नाम तो बताया ही नहीं। यह तो इनकी बेईमानी है। इनको पहले सब कुछ साफ़ करना चाहिए था। इन्होंने बिला वजह हमें धर्म संकट में डाल दिया।

तो आप लोग मुस्लिम धर्म से हैं?

उनसे जितना बन पड़ा था, प्रश्न को मर्यादित ढंग से पूछा था।

जी।

जी सुन कर वे फिर सीलिंग फ़ैन की ओर देखने लगे।

फ़ैन भांय-भांय चल रहा था।

बंदूक धांय-धांय दग रही थी।

कमरा सांय-सांय कर रहा था।

पूरे दो मिनट तक हमारे बीच कोई संवाद नहीं हुआ। वे चुप। हम चुप। सभी लोग चुप। लेकिन ऐसे कैसे काम चलेगा। किसी को बोलना तो पड़ेगा ही। सुनंदा मैडम आ गयीं–और पानी? पानी पियोगे? जी थैंक्स, चाय, पानी बिलकुल नहीं, कमरा दिखाने के लिए शुक्रिया। अब चलेंगे।

वे अचानक बोले। सोचने से फुरसत मिल गयी थी। देखिये, इसको कुछ दिनों के लिए होल्ड पर रख दें। लेट मी टॉक टु द प्रेसिडेण्ट एंड सेक्रेटरी ऑफ़ द सोसायटी, देन आई विल टेक ए कॉल ऑन दिस। पहले उनसे बात करने दीजिए। मैं आपको फ़ोन करूँगा। सॉरी जेण्टिलमैन।

आखिरी वाक्य में उन्होंने बहुत सी चीज़ों को मेकअप कर लिया था। सॉरी बोले थे और ब्वायज़ की जगह हमें जेण्टिलमैन कहा था। तमाम दूसरे लोगों की तरह जले पर नमक नहीं छिड़का था। मैंने उनसे कहा कि इसमें सॉरी होने की कोई वजह नहीं सर, जैसा आप उचित समझें। सर अभी तो हम लोग एक जगह रह ही रहे हैं, कोई जल्दी नहीं है। लेकिन एक बात कहूँ आपकी टी-शर्ट के बारे में? बहुत स्मार्ट लग रहे हैं आप इसमें। कहाँ से खरीदा? उनके चेहरे का रंग बदल गया, मुझे प्रशंसा भाव से देखने लगे। फिर अमेरिकन पोलो के लेबल पर उँगली सहलाते हुए बोले, लड़के ने भेजा है न्यूयॉर्क से, एक और भी है...।

इस बार तो लगा चूँकि वे नरम पड़ गये हैं, मुझे उन पर और बड़ा इमोशनल अटैक करना चाहिए। लेकिन उन्होंने ऐसे किसी हमले का अवसर नहीं दिया। दरअसल टी-शर्ट वाली बात पर लड़खड़ाने के बाद तुरंत अपने-आपको सँभाल लिया—देखिये, इस कॉलोनी में सभी मिल-जुल कर रहते हैं। सबको नाराज़ करके हम कुछ नहीं कर सकते। मैं फ़ोन करूँगा, या आप फिर कभी मिल लेना।

अब यहाँ एक बात बतायें तो आप भी हँसियेगा। हमारे दोस्त सलमान को तो आप जानते ही हैं। वही जिनकी आईडी को नागेश्वर जी ने देर तक घूरा था और फिर कैरम की गोटी की तरह...। वे ज़रा कम ही बोलते हैं। लेकिन जब बोलते हैं तो पूरा तोलमोल कर। जैसे ही टी-शर्ट वाले सज्जन ने कहा था कि आप फिर कभी मिल लेना, सलमान बोला, ओके सर, वी विल कम बैक टू यू ऑफ़्टर फ़िफ़्टीन ईयर्स। एक पल तो उन्हें समझने में लगा, जब समझे तो ठठा कर हँस पड़े। खूब हँसे...हँसते ही चले जाते थे।

हम लोग वापस हो लिए। मालेश्वरम सुंदर, साफ़-सुथरी, शांत, बड़े आबरू, बड़ी हैसियत वालों की आरामगाह है, वहाँ पुलिस वाले किसी का दरवाज़ा खटखटाने नहीं पहुँच जाते। वहाँ सुरक्षाकर्मी आगंतुकों की जाँच करते हैं तब किसी से मिलने देते हैं। बाहर से आने वाले घुसने से पहले ही नरम पड़ जाते हैं,जैसे हम। वहाँ सभी मिल-जुल कर रहते हैं। वहाँ एक प्रेसीडेण्ट होता है, एक सेक्रेटरी होता है जिनसे पूछना ज़रूरी होता है कि किसे अपना मेहमान बनायें। अगर एम. नागेश्वर जी हमें अपनी छत पर जगह दे देते तो बाकी के निवासी नाराज़ हो सकते थे...कम-से-कम नागेश्वर जी ने हमें यही बता कर चलता किया था। हम चलते जा रहे थे, पैदल ही। चलते-चलते थक गये तो फिर चलने लगे। सोचते चल रहे थे कि अगर थक रहे हैं तो चल क्यों रहे हैं। नसीर ने कहा कि इसलिए कि अगर थक जायेंगे तो रुकेंगे कहाँ? कहाँ रुक कर साँस में साँस लेंगे। कौन-सी जगह है हमारी। रुकने का ऑप्शन कहाँ-कहाँ है? सलमान को कुछ सूझी, बोला, ये सब क्या चल रहा है भाई। मैंने कहा कि सोनिया बोली थी पिकअप कर लेगी, नहीं आयी इसलिए हम सभी चल रहे हैं, प्रॉब्लम क्या है। नसीर ने कहा कि सलमान बी सीरियस, और चिराग तू भी समझने की कोशिश कर, चलने से रुक गये तो जरूर थक जायेंगे। उम्मीद

की किरण बाकी है। बीटीएम ले आउट है, इंदिरानगर है, फ्रेज़र टाउन है, बेसन टाउन है सब छान मारेंगे भाई, कुछ-न-कुछ ज़रूर निकलेगा। सैदाबाद इज़ हिस्ट्री नाऊ। सलमान कभी सीरियस नहीं हो सकता। मेरी ठोढ़ी पकड़ कर बोला, चिराग मियाँ, अपना नाम बदलो, सबको कन्फ्यूज़ कर देते हो।

हम बायीं पटरी के सहारे चुपचाप चलते जा रहे थे। सलमान फिर बोला, अल्ला मियाँ किस दिन काम आयेंगे उनसे भी कह कर देखो। हर मुसलमान के पहले और आखिरी हथियार वही हैं। नसीर ने समझाया, भइये इस तरह खुलेआम हथियार की बात न करो। चक्कर में पड़ जाओगे। अल्ला मियाँ को याद करते चलते रहो, सोनिया को भेज देंगे तो ऑल्टो में चलने लगेंगे। सलमान ने जस्ट पास आई गाड़ी को गौर से देखा...फिर देखा और चौंका-लो देख लो, अल्ला मियाँ ने सुन लिया। हम समझ गये सोनिया दिखायी पड़ गयी, अब और थकने से बच जायेंगे-एक तो उसका साथ मिलेगा दूसरे ऑल्टो में चलेंगे। उसने कहा कि सोनिया के दीवानों, सामने जो जीप गयी है उसमें वही तीनों थे, हमें घूरते हुए गये हैं। मैंने कहा—झूठे! तुमने किसी और को देखा होगा। उसने कहा—प्लेन ड्रेस में थे इसलिए मैंने पहचान लिया, नागेश्वर अंकल की कसम, सुनंदा आँटी की कसम, वही तीनों थे, अल्ला मियाँ की कसम, वही तीनों थे। अल्ला मियाँ ने सुन ली ब्रदर हमारी चीख-पुकार। वे देखते हुए गये हैं। नसीर बोला—ठीक हुआ, कसम अल्ला की खाओगे, और हाफ़िज़ खुदा से चाहोगे तो तुम लोगों के साथ यही होगा। यह हँसने की बात थी, और हम हँस दिये। मेरा गुस्सा सलमान पर था-सारी गलती इस मुसलमान लड़के सलमान की है। इसने देखा ही क्यों उनको। वो घूर रहे थे तो क्या, उनका तो काम है यह...आखिर इसे क्या पड़ी थी उन्हें देखने की और हमारे कानों में चुगली करने की। नसीर ने भी सलमान को दोषी करार दिया। सलमान ने प्रेम से कहा-फाँसी चढ़ा दो यार मुझे। रह लेना अकेले तुम दोनों। इतने में सोनिया कॉलिंग...तुम लोग बारबेक्यूनेशन पहुँचो, मैं गुड न्यूज़ लेकर वहीं आ रही हूँ।

फ्री में बारबेक्यूनेशन का टिकट पाते ही हमने तपाक से ऑटो पकड़ा और फटाक से वहाँ जा पहुँचे।

बारबेक्यूनेशन! एकदम अलग ही नेशन है यह...जैसे कोई यूरोपियन, कनेडियन या अमेरिकन नेशन। जहाँ न कोई नंगा-भूखा, न कोई प्यासा। अपनी

करेंसी अपना झंडा। एकदम इंडिपेंडेण्ट नेशन अपना कानून, अपना संविधान। ऑफ़िशियल, अनॉफ़िशियल दोनों लैंग्वेज इंग्लिश। टैक्स के बदले में राइट टू फ़्री नॉनवेज फ़ूड। नेशन की ओर से पूरा किचन आपके टेबुल पर मय तंदूर के। क्या खाना चाहते हैं, खुद फ़्राई कीजिए, खुद रोस्ट कीजिए, खुद ग्रिल कीजिए। खुद पकाइये, खुद खाइये। सारे नागरिक यही करते दिखते हैं। बनाना रिपब्लिक की तर्ज पर इसे आप फ़ूड रिपब्लिक भी कह सकते हैं। यहाँ के नागरिक कहते हैं कि वर्क हार्ड, ईट हार्ड। काम करके थक गये हैं तो यहाँ आइये। जितनी देर तक खाइयेगा लगेगा कि ये खायें कि वो खायें कि सब खायें। और आप सब खाइयेगा। लेकिन अगर कम खाइयेगा तो लगेगा काश! और थक कर आये होते! बॉस को बकियेगा कि और काम क्यों नहीं लिया, क्यों जल्दी छोड़ दिया! खाना खाते-खाते हमने सोनिया से मालेश्वरम वाले अंकल की बातें शेयर कीं। सलमान की फ़िफ़्टीन ईयर्स वाले रिमार्क पर वह दिल खोल कर हँसी। वहाँ बैठे सभी लोग हँस-बोलकर खा रहे थे। खाने से ज़्यादा बोल रहे थे। फ़्री होकर आज़ाद होकर बोल रहे थे। फिर तो हम भी फ़्री फ़ील करने लगे-यहाँ तक कि हम एक-दूसरे का नाम लेकर बात करने लगे-चिराग, नसीर, सलमान और सना। नसीर होश में था, उसने इधर-उधर देखा और फुसफुसाया-अब ऐसा भी फ़्री फ़ील न करो कि अगल-बगल के लोग समझें कि इस टेबल पर सारे के सारे 'एम' हैं। सलमान ने तपाक से कहा—डोण्ट वरी, इस टेबल पर सारे-के-सारे 'एम' नहीं हैं, एक वेटर भी तो है। बीच-बीच में हम उससे भी तो बातें कर रहे हैं। मैंने वेटर को इशारा किया, वह भागता आया। मैंने धीरे से पूछा कि क्या नाम है तुम्हारा ? सलीम सर, सलीम अली, कानपुर का हूँ। क्या लाऊँ सर, कुछ और रखूँ-सींक, कलेजी, चिकन टिक्का, फ़िश...। मैंने कहा कि नहीं थैंक्स, जाओ। जैसे ही वह हटा, हम ऐसा ज़ोर से हँसे कि लोग हमारी तरफ़ देखने लगे। सलमान हँसते हुए बोला-आज तो एक ही टेबल पर सारे-के-सारे इकट्ठा हो गये! फिर हँसी का फ़व्वारा। लगा कि आज तो पेट के अंदर से कलेजी, गुर्दा, सींक सब मुँह के रास्ते बाहर आ जायेगा।

डिनर खत्म करके हम हॉल से बाहर निकले और सीढ़ियों की तरफ़ बढ़े। हम चारों में सबसे बेवकूफ़ और मुँहफट सलमान है। यह सलमान जानता है, पर मानता नहीं। अपनी ताकझाँक की आदत की वजह से वह जहाँ कुछ नहीं होता

है वहाँ वह दृश्य पैदा कर देता है। रास्ते में पुलिस जीप उसी ने देखी थी। अब क्या बे, चल नीचे। वह मुझे एक तरफ़ ले गया और फुसफुसाया-तीनों कोने वाली टेबल पर बैठे हैं, यकीन न हो तो देख लो। फिर मैंने भी झाँका। वही थे। सलीम अली उनके सामने हाथ बाँधे खड़ा था। वे उससे कुछ पूछ रहे थे। मैं चुपचाप बाहर निकल आया। ह्वाटेवर!

खाना इतना अच्छा था...और अब सोनिया से गुड न्यूज़ भी सुननी थी तो अब इन तीनों के बारे में और ज्यादा सोच कर कौन अपनी रात खराब करे। सुबह ऑफ़िस भी है। तो अब बारी थी सोनिया की गुड न्यूज़ की। वह बोली- देखो, अभी तक नसीर से भी नहीं शेयर किया, चाहो तो इसका इनबॉक्स, मेल बॉक्स सब चेक कर लो। क्योंकि तुम तीनों ही मेरे ब्वायफ्रैंड हो तो अकेले उसे कैसे बताती। अब तीनों के सामने बताती हूँ...आज अब्बू से बात हुई...बड़े खुश थे, गुलदस्तों का बहुत बड़ा ऑर्डर मिला था...खुद ही फ़ोन किया था। तो मैंने सोचा कि बोल दो सना खान...लोहा गरम है। मैंने बोल दिया। कुछ देर चुप रहे फिर बोले—ठीक है, तुम्हारी खुशी में मेरी खुशी। सयानी हो गयी हो...अपने पैरों पर पड़ी हो, तुम्हारा फ़ैसला ठीक ही होगा। मैंने पूछा—अब्बू आप खुश हैं...खुशी से बोल रहे हैं। बोले—बेटा मैं खुश हूँ। फिर चुप हो गये। फिर बोले—तुम्हारी अम्मी होतीं तो वह भी खुश होतीं। '...भी खुश होतीं' पर सोनिया ने बात खत्म की थी तो कुछ देर के लिए हम चुप रहे। सोनिया रिकवर हो गई तो सलमान ने कहा-तुम्हारा फ़ैसला ठीक ही होगा बोले तो? सोनिया मेरे नज़दीक खड़ी थी, वह झट नसीर से सट गयी, उसका हाथ पकड़ते हुए बोली-यही। और हँसने लगी-जैसे-तैसे ऐसे-वैसे...झेंपते। सलमान ने अपना रिमार्क दिया-बड़ी सयानी हो गयी सना। फिर हमने नसीर को एक शेकअप दिया-सलमान ने उसके दोनों पैर पकड़े और मैंने दोनों हाथ और लगे उसको झुलाने। सोनिया घबरायी-सी अपने दोनों हाथ फैला कर लपकी- अरे नहीं, अरे नहीं, अरे नहीं, वह तीन बार बोली। प्यार। और क्या।

सुबह ऑफ़िस जाने की तैयारी कर रहे थे कि चोपड़ा का फ़ोन आ गया। बोला, सर जी, कई जगह हाथ-पैर मारे लेकिन अगला बात समझने को तैयार नहीं। हमने गारंटी के साथ बताया कि बंदे मल्टीनेशनल में काम करते हैं, पढ़े- लिखे हैं, भरपूर किराया देंगे और क्या चहिए बोलो। कोई बोलता ही नहीं। कहते

हैं कि आज तक पढ़े-लिखे ही सारे गलत काम करते हैं...किस भेष में कौन आ जायेगा कौन जाने। बाऊ जी आप में कोई कमी नहीं, अगर आपके यहाँ दो-चार टेररिस्ट निकल गये इसका मतलब यह तो नहीं आप बम बाँध कर घूम रहे हो। लेकिन हवा ऐसी बह रही है कि...। मैं हाँ हूँ कर रहा था। सोच रहा था कि चोपड़ा छोड़ें तो मोजे पहनूँ, जूते डालूँ। वह बोला—देखो जी, आप लोग शरीफ़ बंदे हो, ऐसा मेरा दिल बोलता है। मैंने कहा—तू क्या बोल रहा है जल्दी बोल, कहीं निकल रहा हूँ।...वही तो कह रहा हूँ बाऊ जी कि मैं पूरी कोशिश कर रहा हूँ...बाईगॉड कमीशन के लिए नहीं, बस तुम्हारे प्यार में कर रहा हूँ। आप चाहो तो चल के बंदों की बातें सुनवा दूँ। आज शाम को दो एक जगह ट्राई मारनी है, वैसे आप भी इंदिरा नगर का एक चक्कर मार, लो शायद कुछ...। सब बात भूल कर चोपड़ा 'जी' पर अटकने वाला था कि मैंने फ़ोन स्विच ऑफ़ कर दिया।

शाम को चोपड़ा को मैंने खुद फ़ोन किया। दस मिनट में वह आ पहुँचा। मैंने कहा कि चोपड़ा भाई, अगले हफ़्ते महीना पूरा होने वाला है। इसके आगे हम वहाँ नहीं रहना चाहते हैं। कुछ-न-कुछ करना होगा...कुछ करो भाई। यहाँ हमें पुलिस तंग कर रही है। जगह भी गंदी है, अच्छा नहीं लगता यहाँ। यार, सोचते हैं किसी अच्छी जगह रहें, किसी अच्छी सोसायटी में...तो यह सब परेशानी नहीं आयेगी। फिर मैं चुप हो गया। चोपड़ा पहले से चुप कुछ सोच रहा था, कुछ गुन रहा था। मेरी साफ़गोई से वह एकदम से बैकफुट पर चला गया था। नसीर और सलमान भी उसके स्कूटर की हैंडिल ऐंठते चुपचाप खड़े थे। सोनिया एक तरफ़ खड़ी किसी नयी बुक का ब्लर्ब पढ़ रही थी। सबकी चुप्पी टूटी जब चोपड़ा का मोबाइल बजा, उसने स्क्रीन सामने करते हुए कहा कि लो आ गया। मैं स्पीकर ऑन करके बात करता हूँ तुम लोग सुन लो। हमने दोनों ओर की बातें सुनीं, इसकी भी, उनकी भी। सबकी अपनी परेशानियाँ और विवशताएँ थीं-लेकिन वजह एक ही थी। सलमान धीरे से बोला- हम उनके लिए बाहरी, वे हमारे लिए बाहरी। यह सब क्या है भाई। फिर बोला, चलो सब लोग, कहीं बाहर भाग चलते हैं। सोनिया ने सर उठाया-सोनिया को इधर ही छोड़ कर भागना, सोनिया बाहर नहीं जाने वाली। या तो यहाँ रहेगी या फिर नसीर को लेकर मुरादाबाद भाग जायेगी। चोपड़ा बोला, फ़िलहाल तो मैं भागता हूँ, चोपड़ी को मूवी ले जाना है, अंदर बैठा कर तुम्हारा काम करने निकल जाऊँगा फिर आते में उसको

उठा लूँगा। कुछ निकला तो कॉल करूँगा, फिर सोनिया को देख कर बोला—ये सिस्टर कौन हैं, दो-एक बार आप लोगों के साथ देख चुका हूँ। सलमान बोला, हमारी सिस्टर इन लॉ हैं मतलब कि होने वाली हैं। चोपड़ा कुछ समझा, कुछ नहीं समझा, स्कूटर स्टार्ट किया और फूट लिया। दो-तीन दिनों के बाद नसीर ने इंदिरा नगर में एक ऐड्रेस ढूँढ़ निकाला। कोई नॉर्थ इंडियन थे, शर्मा जी, पन्नालाल शर्मा। बेंगलूरु में बस गये थे, सेकेण्ड हैण्ड कारों का बिज़नेस था। मकान बड़ा था, तीन-तीन पार्किंग, दो-दो आउट हाउस। कुत्तों और गाड़ियों के शौकीन...और किरायेदार उत्तर भारतीय हो तो उत्तम, लेकिन किराये से कोई समझौता नहीं। अगले शनिवार को हम लोगों ने वहाँ देखने का मन बनाया। लगे रहेंगे तो कुछ-न-कुछ तो निकलेगा। उन तीनों से चूहे-बिल्ली का खेल आखिर कब तक खेलते रहेंगे। हमें विश्वास था, शुक्ला जी नार्थ इंडियन हैं तो कुछ अपनापन तो होगा ही, साथ ही क्षेत्रवाद का कार्ड खेलने की गुँजाइश भी बनती थी। नसीर ने सुझाया कि नाम खोल कर पहले रिएक्शन देख लेते हैं। मैं इस पर चित पट कर ही रहा था कि सलमान बोल पड़ा—वहीं पहुँच कर नाम बतायेंगे...कुछ नहीं तो एक गिलास पानी का नुकसान तो करके ही लौटेंगे।

पर दरअसल मेरी समस्या दूसरी है। इस इश्यू पर मेरी हमदर्दी सामने वाले के साथ होती है। उस बिचारे की अपनी मजबूरी है, अपनी विवशताएँ हैं, अपने बंधन हैं। अब उसमें हम जाकर, उसके घर में बैठ कर...पानी वगैरह पीने के बाद अपना नाम, गाँव ज़ाहिर करें और उसे बिला वजह एक धर्मसंकट में डालें। लेकिन बात इतनी ही नहीं थी। हमारी अपनी समस्या थी, उसका हल कौन करे? सही लोकैलिटी में एक छोटी-सी रहने की जगह ही तो चाह रहे थे हम, कोई पूरा हिन्दुस्तान का ख़्वाब देख रहे थे? बेंगलूरु में टिके रहने का एक मनपंसद ठिकाना, किराये पर, जैसे हमारे दूसरे साथियों के पास था। इसके लिए हम पूरा किराया देने को तैयार थे, सभी शर्तें मानने को तैयार थे, और हर कोण से झुकने को तैयार थे। किसी प्रॉपर लोकैलिटी में शिफ़्ट होना तो हम तभी से चाहते थे जब हमें हमारी पहली तनख़्वाह मिली थी। हम आये ही थे अपने वतन से इसीलिए। लेकिन वहाँ से आकर हम उन्हीं गली-कूचों में फँसे थे। दरअसल हम बेताब थे, बेचैन थे वहाँ से बाहर निकलने के लिए, लेकिन बेबस थे। हम बेंगलूरु भटकते हुए नहीं पहुँच गये थे, बाकायदा रेल टिकट लिया था हमने यहाँ

तक का। सैदाबाद में ठौर बनाने से पहले हमने सिविल इलाकों की रेकी की थी, छाना था उन्हें, खूब दौड़े-धूपे थे...लेकिन शायद हमारा नाम आड़े आता होगा। पुलिसवाले हमें खोजते हुए आये, यह अलग बात है। हमारी ऑल्टो उनको खटक रही थी, यह भी हम समझ सकते थे, क्योंकि उनका काम है शकोशुबहा करना। वे न भी आते तो भी आज नहीं तो कल सैदाबाद हम छोड़ते ही। सैदाबाद छोड़ने के लिए ही नसीर आज़मगढ़ से, मैं इलाहाबाद से और सलमान बिजनौर से यहाँ पहुँचे थे।

शुक्ला जी ने पानी पिलाने से पहले ही पूछा, जी आपका शुभ नाम ?

हम एकदम से गड़बड़ा गये, हिटविकेट होते-होते बचे। हमारी टिकटिक करती घड़ी में अचानक एक-दो टिकटिक गुम हो गयीं। अब पानी की ज़रूरत थी शुक्ला जी को। दीवार पर टँगा कैलेण्डर पंखे की तेज़ हवा से फड़-फड़ कर रहा था। वे उठे और पंखा बंद करके एसी ऑन कर दिया। हाँ, यह अच्छा हुआ। मैंने हाथ से पसीना पोंछा, और एसी की ठंडक ने चेहरे की शिकन ढँक ली। उन्होंने दूसरी बात शुरू कर दी थी-क्या करते हैं आप लोग ? इसका हमने ज़रूर कुछ जवाब दिया होगा। कौन-सी कम्पनी में ? इसका भी। कहाँ के रहने वाले हैं ? इसका भी, खाली नसीर झूठ बोला। अभी कहाँ रहते हैं ? इसका नहीं। पानी लेंगे। हाँ सर। बात फ़ाइनल होने पर एडवांस देना होगा। एग्रीड। कार पार्किंग का अलग से। जी सर। कमरे पर कोई लड़की-वड़की नहीं लायेंगे। हम चुप रहे होंगे। किचन का यूज़ कर सकते हैं, लेकिन नॉनवेज पकाने के लिए नहीं। बाहर खा लेंगे सर। रात में दस बजे के बाद कमरे में कोई बैण्ड-बाजा नहीं। इस्लाम में म्यूज़िक मना है सर, कहा कि नहीं-याद नहीं। चाय लो, ठंडी हो रही है। ओह! थैंक यू सर। इंटरनेट सर्विस फ्री देंगे। फ्री! कांट बिलीव सर। मुझे और मेरी बीवी को कम्प्यूटर सिखाना होगा। ऐट योर सर्विस सर। छोटे मोटे काम करने होंगे। एनी टाइम सर! फ्राइडे शाम हमारे साथ खाना चाहोगे। ओह! यू आर गॉड सर। (दो इट इज़ अनइस्लामिक!) सैटरडे-संडे बाहर मस्ती मारना। आप तो अभी भी जवान हैं सर। नाम क्या है ? चिराग, सलमान और नसीर। उन्होंने झूठ बोलने या चुप रहने की मोहलत ही नहीं दी। मुझे अंकल और इन्हें आँटी कहना। ओह डियर अंकल, डियर आँटी।

फिर जैसे कुछ कौंधा। इस बार शुक्ला जी खुद गड़बड़ा गये। हिट विकेट

हो गये थे। फिर से कहो तो...अपना नाम...क्या कहा? वे हमें देखे जा रहे थे, मैं बगले झाँक रहा था। मैंने कनखियों से देखा, नसीर नीचे देखते हुए अपनी बायीं हथेली को दायें अँगूठे से दबा रहा था, और सलमान! सलमान शुक्ला जी को ऐसे देख रहा था जैसे कोई मेमना हो।

बातें उनके बेंगलूरु में स्ट्रगल करने, बिज़नेस जमाने, फिर यहीं बस जाने से चक्कर काटती हुई अंततः उनके बेऔलाद रह जाने तक पहुँचीं। बेऔलाद! बात बनती सी लगी। तो हम किस दिन काम आयेंगे। हम इमोशनल होने लगे। नसीर के दोनों हाथ फिर से फ्री हो गये, सलमान मेमने से फिर इंसान बन गया। लेकिन शुक्ला जी, शुक्ला जी ही बने रहे। पहली मुलाकात में ही सबको औलाद बनाने लगे तो हो चुका। ऐसे बिज़नेस नहीं चलता भाई। ऐसे तो रोज़ ही लोग टोपी पहनाने आ जायेंगे। ऊपर से आजकल के लड़के! रुको तो, कुछ और हो जाये। नॉर्थ में कई तरह की मिट्टी पायी जाती है-मसलन, इलाहाबाद की कुछ तो बिजनौर की कुछ। मुरादाबाद की कुछ तो आज़मगढ़ की कुछ। अंकल जहाँ के रहे होंगे वहाँ की कुछ। पहले शायद एक ही मिट्टी रही हो, बाद में तो हमने बहुत कुछ देखा। मिट्टी पलीद हो गयी।

ये वाले अंकल हमारे झाँसे में नहीं आने वाले थे। उन्होंने बहुत दुनिया देखी थी। मुसलमानों से आज पहली बार सामना नहीं हुआ था उनका। हम तो कल के बच्चे थे। बड़े अनुभव रहे थे उनके हमारी कौम के साथ मीठे-मीठे और खट्टे। यह उन्होंने नहीं कहा। यह तो मैं कह रहा हूँ अपने अनुभव से। उन्होंने कहा-आप लोग क्या हैं क्या नहीं हैं इसमें बहस नहीं। सलमान फुसफुसाया- यह तो हम लोग भी नहीं समझ पा रहे हैं कि हम क्या हैं, क्या नहीं हैं। वे अनसुना करते हुए हमें सहज करने की कवायद करने लगे-साहब, जब यूपी में थे तो हमारे अड़ोस-पड़ोस में सभी आप ही लोग थे। यहाँ तक कि हम बचपन में मक्तब में पढ़ते थे और आज भी उर्दू में अपना नाम लिख सकते हैं। आप लोग उर्दू जानते हैं? (हम लोग? जी आगे बोलिये) मौलवी साहब हमारे पिताजी के मिलने-जुलने वालों में से थे। उनकी लम्बी दाढ़ी और उनकी घड़ी आज तक याद है। इमला गलत हुआ कि इसी पर, देखिये-देखिये, वे अपनी दाहिनी हथेली दिखाते हुए बोले, हाँ इसी पर मारते थे-सटाक, सटाक तो साहब वह हमारे घर बराबर आते थे। उनका एक पानी पीने का गिलास और चाय का कप हमारे

यहाँ अलग रखा रहता था, साफ़ सूफ करके कि कब वह आ धमकेंगे-चाय पिलवाइये, रामशिरोमणि जी, तनिक नमक डलवा कर। रहीम चाचा एक थे... दो घर छोड़ कर। एक पैर नहीं था उनका लेकिन पाजामा पूरा पहनते थे-चौड़ी मोहरी वाला। कौन जुमा था कि वह हमारे घर मिलते हुए न जायें। नमाज़ पढ़ कर लौटते तो पान सुपारी हमारे घर पर खाकर ही जाते थे। पिताजी कहते थे कि रहीम मियाँ ज़रा इस लड़के पर फूँक मार दीजिए, पढ़-लिख लेगा, लम्बी उमर पा जायेगा। देखिये, आपके सामने बैठा हूँ। उन्हीं की फूँक का असर है। वे हँसने लगे, हम मुस्कराने लगे। हमारे पिताजी रहीम चाचा को कहाँ छोड़ने वाले थे। मीट-मछली के बड़े शौकीन थे। मीट खाना हो तो रहीम चाचा के यहाँ पैसा भिजवा देते...कभी नहीं भी भेजते। और रात में जाकर खा आते। तीन पाव मीट अकेले बिना रोटी, चावल के निपटा देते थे। रहीम चाचा तो खाली दो पीस खाते थे उससे अधिक खाने से उनके पेट में दर्द उठ जाता था। रहीम चाचा को *कुरान* कंठस्थ थी और पिता जी को *मानस*। दोनों खूब बखान करते थे अपनी-अपनी कंठ शक्ति की। छींटे हम बच्चों पर भी पड़ जाते थे। कुछ क्या, हमने तो बहुत कुछ सीखा। आपका धर्म इतना कोई कट्टर नहीं। ये तो दोनों तरफ है। 6 दिसम्बर वाली घटना के बाद बहुत बदलाव आ गया। बदलाव क्या आया, कुछ नहीं, हमारी एक फुआ हैं...मस्जिद में अज़ान होती है तो वह अभी भी अपना सर ढक लेती हैं। लेकिन उन्हीं फूफा जी को...खैर छोड़िये। फिर भी बदलाव आ रहा है...सही बदलाव शिक्षा से ही आयेगा। अब आप लोगों को ही देखिये...आप लोगों में इतना कहाँ पढ़ते हैं...बहुत रेयर है यह। मैं तो आश्चर्यचकित हूँ कि आप लोग पढ़ाई करने इतनी दूर आ गये...और फिर यहीं नौकरी भी पा गये। वैरी गुड, वैरी गुड।

फिर न जाने कैसे बात फ़िल्म, क्रिकेट से होते हुए पॉलिटिक्स पर आ गयी। पॉलिटिक्स वाली बात याद है, क्योंकि इसी के बाद हम लोग उठ खड़े हुए थे। उन्होंने बात खुद छेड़ी थी। जैसे बहुत दिनों के बाद हिन्दी बोलने-समझने वाले मिले थे। मन लग गया था उनका। बोले-अच्छा बताइये...आप लोग पढ़े-लिखे हैं, मैं कई लोगों से पूछ चुका...लेकिन आप लोग समझते होंगे...आप ही बताइये कि आपके यहाँ...मेरा मतलब है कि आप लोगों के समाज में सभी लोग एक ही साथ एक ही पार्टी को क्यों वोट देते हैं...एक ही कंडीडेट के पीछे क्यों

पड़ जाते हैं...साहब हमारे फूफा जी, वही जिनकी पत्नी...खैर छोड़िये...हमारे फूफा जी इलेक्शन में खड़े थे, जीतते-जीतते हार गये। जानते हैं कितने वोटों से ? सत्ताइस वोटों से...ओनली ट्वेण्टी सेवन। साहब बुर्के वाली महिलाओं की लम्बी-लम्बी लाइनों को देखते ही बनता है...गोद में बच्चा लिए...थैला थामे...धूप हो या छाँव हो...खड़ी रहेंगी। और आपके जेण्ट्स भी उतने ही भरोसे के साथ लगे रहते हैं, बिना वोट डाले साहब लौटते नहीं। कंडीडेट को बिना हराये चैन नहीं लेते। बड़ी एकता है आप लोगों में, बड़ी अंडरस्टैंडिंग से बढ़ते हैं आप लोग। स्वर की उत्तेजना को कम करते हुए पूछते हैं-अच्छा बताइये, कब और कैसे आप लोग डिसाइड करते हैं कि किसे हराना है। मैं उनकी इस बात की काट करना चाहता था। बताना चाहता था कि उनकी सोच गलत है और कैसे। उन्होंने मुझे वाक्य पूरा भी नहीं करने दिया...भाई, आपके यहाँ अच्छ है...हमारे यहाँ तो दस तरह की बातें हैं...ऊँच-नीच, अमीर-गरीब, जात पाँत...दिस, दैट।

अब हमें बैठने में मज़ा नहीं आ रहा था। मेरे मोबाइल पर बार-बार चोपड़ा की कॉल आ रही थी और नसीर के मोबाइल पर...गेस करिये किसकी...जी हाँ आपने सही समझा...ईएमआई वाले की। बोला, भाई साहब पुलिस के लोग आये थे, पूछ रहे थे गाड़ी की फ़ंडिंग कहाँ से हुई ? फ़ोन काटते हुए शुक्ला जी से मुखातिब हो गये और हमने दिल मजबूत करके पूछा—कमरे के बारे में क्या कहते हैं ?

बैठिये जनाब, कहाँ जाने लगे। देखिए, बैठिये...चाय लाना भाई। वे अपने बालों में उँगली फेरते हुए बोले- बात यह है कि...कहने में खराब लग रहा है... लेकिन आप लोग बताइये क्या यह सम्भव है। हम आपके बारे में क्या जानते हैं, आप हमारे बारे में क्या जानते हैं...या एक-दो घंटे में आप हमारे बारे में क्या जान लेंगे, यह तो धीरे-धीरे होगा ना। बातचीत होगी....विश्वास बढ़ेगा तो अपने-आप सब चीज़ें साफ़ हो जायेंगी...कमरा भी मिल जायेगा। मैं तो ज़्यादा कुछ नहीं सोचता। पर आप भी देखते ही होंगे...अखबार भरा रहता है, आज ये हो गया...तो आज वो हो गया...आज यहाँ से पकड़े गये तो कल वहाँ से। आज इधर धमाका हुआ तो कल उधर। बेंगलूरु में कितना कुछ हो चुका है। लोग डराते हैं कि भइया अनजान व्यक्तियों को...खास कर नौजवानों को...।

हमने उन्हें वाक्य पूरा नहीं करने दिया और उठ खड़े हुए। हमारे लिये यह

हँसने-रोने का मुकाम था। सलमान की तो अपनी अदा है और आदत है। बिना कुछ खास बोले हुए हटेगा नहीं। अब उसकी बारी थी-अंकल, डराने से याद आया कि कई दफ़े तो पुलिसवाले भी डर जाते हैं। कैसे? कब पुलिसवाले डर गये? उन्होंने गोल-सा मुँह बनाया। सलमान ने खखार कर गला साफ़ किया-मेरे दादाजी अस्सी पार हैं लेकिन हुक्का जम कर पीते हैं। हुक्का नहीं पीते हैं, तो बीड़ी पीने लगते हैं। बीड़ी खत्म हो गयी तो खैनी दबा लेते हैं। न टीबी, न कैंसर। खाँसी तक नहीं आयी कभी उनको। हुक्का ऐसा पीते हैं कि आजकल के नौजवान क्या पियेंगे, सिगरेट पीने में तो दमा के शिकार हो जाते हैं। दादाजी हुक्का जब कस कर खींचते हैं तो हुक्के की आवाज़ दूर तक तैरती चली जाती है-गड़-गड़-गड़-गड़-गड़-गड़-गड़-गड़...। कुछ दूर पर पुलिस चौकी है। वे मुहल्ले में दौड़ते हुए आये और हाँफ़ते हुए बोले-मशीनगन किसने चलाई। सब बोले—गन तो चलाई है पर मशीनगन क्या होती है। वे लोग नाराज़ हो गये, उन्होंने हुक्के को उठवाया और थाने के लॉकअप में बंद कर दिया।

अंकल हँसने लगे। हँसते हुए वे अच्छे नहीं लग रहे थे। हम उन्हें उसी हालत में छोड़ कर बाहर निकल आये।

बाहर लाइट नहीं थी। अंधेरा था। बेंगलूरु में अंधेरा! हमने सोचा कि स्ट्रीट लाइट जगमगाने का इंतज़ार करें या अंधेरे में ही आगे बढ़ें। नसीर बोला—अब मैं एक्सपर्ट हो गया हूँ...अँधेरे में भी चला लूँगा-स्ट्रीट लाइट नहीं तो क्या, अपनी हेडलाइट तो है। उसी में काम चला लेंगे। वैसे भी कभी पूरा अँधेरा नहीं होता। सलमान ने पूछा, सैदाबाद? मैंने कहा, तो और कहाँ? नसीर ने कहा— यार, मुझे इस तरह भटकना अच्छा नहीं लग रहा। मैंने कहा—मुझे भी। सलमान ने कहा—मुझे भी। सना ने कहा होगा उसे भी। बैंगलोरियन एम. नागेश्वर ने सोचा होगा अच्छा हुआ बच गये। यूपी वाले शुक्ला जी ने सोचा होगा कि लौंडों का क्या ठिकाना! चोपड़ा ने सोचा होगा कि सर जी इन लड़कों के लिए कुछ तो करना होगा। मोबाइल बजने लगा, चोपड़ा था, अरे बाऊ जी, कब से लगा रहा हूँ...देखो जी बात कहीं बन नहीं रही है, तुम्हारे लिए ही सुबह से लगा हूँ। अब देखो, तुम लोग बात को समझो। और सुनो, प्रॉब्लम ज्यादा हो तो चोपड़ा के यहाँ शिफ्ट हो जाओ भाई...अपनी सिस्टर इन लॉ को भी ले लो। चोपड़ा का भी मन लग जायेगा, दोनों लेडीज़ मौज करेंगी। अपनी भाभी के हाथ के

राजमा-चावल खाओगे तो पटियाले का बटर चिकन भूल जाओगे...दिल से कह रहा हूँ...देखो बुरा मत मानना।

सैदाबाद मोड़ पर हम दोनों को छोड़ कर नसीर सोनिया से मिलने चला गया। हमने मैगी बनायी और अपने-अपने लैपटाप पर लग गये-सलमान बोला— आज नमाज़ नहीं पढ़ूँगा, वह अपने सिस्टम पर पोर्न देखने लगा। और मैं सोचने लगा...दुनिया भर के लोगों का इंटरनेट एकाउंट हैक कर लूँ और चारों तरफ़ डिजिटल तबाही मचा दूँ। नसीर ने मैसेज किया कि सोनिया से फ़ाइट हो गयी है....दोस्ती तोड़ने का मन कर रहा है। मैंने मैसेज बैक किया-तुम दोनों नाइट शो देख लो....मैं मनी ट्रांसफ़र कर दूँगा।

इसका मतलब था मैं होशो-हवास में हूँ। मैंने नसीर और सना को बचा लिया था। मैं किसी के एकाउंट को हैक नहीं करूँगा। तबाही अच्छी चीज़ नहीं है। चैन से सोता हूँ। कहीं जाकर बात पक्की कर लूँगा। चोपड़ा के यहाँ रहना तो नहीं, लेकिन एक दिन राजमा-चावल ज़रूर खाऊँगा।...चादर तकिया कहाँ है...थक गया हूँ...सोता हूँ-सुबह ऑफ़िस भी जाना है।

और तभी उनकी आमद हुई। वही तीनों! लेकिन इस बार दो पुराने और एक नया बंदा था। वे सीधे अंदर चले आये। सलमान अधलेटा सो रहा था, उसके सिस्टम पर पोर्न साइट आबाद थी। मैंने घबरा कर ऑफ़ करना चाहा, वे बोले—रहने दो। उनमें से एक पोर्न पर ही अटक गया था, बाकी दोनों कमरे का मुआयना करने लगे। तुम्हारा तीसरा साथी कहाँ है, इंस्पेक्टर ने पूछा। मैंने सोच कर कहा, उसकी नाइट शिफ़्ट है, देर से लौटेगा। उसने मुझे शक की नज़र से देखते हुए कहा-थोड़ी देर पहले तो वह फ़ोरम मॉल पर था उसी लड़की के साथ...वहाँ से गायब हो गया। मैं चुप था। सलमान हल्के-हल्के खर्राटे भर रहा था। वह बोला, अच्छा यह बताओ, उस लड़के को जानते हो? कौन लड़का, मैं सोचने लगा। उसी वेटर को, सलीम अली नाम है जिसका...जहाँ तुम लोगों ने पार्टी की थी। मैं कुछ देर तक उनको घूरता रहा-क्या पूछ रहे हैं ये...क्या मंशा है इनकी...क्या समझ रहे हैं ये हमें। मैंने धीरे से कहा, पहली बार मिला था उससे....उस दिन हमारा टेबल अटेण्ड कर रहा था।...लेकिन लम्बी टिप दी थी तुम लोगों ने उसको? वह बोल कर मेरे और नज़दीक आ गया। मैंने एकदम पीछे हटते हुए कहा-नहीं कह सकता...सोनिया ने पे किया था...नहीं देखा था।

अच्छा, अभी भी तुम लोग यहीं पड़े हुए हो, दूसरे वाले ने व्यंग्य से कहा, आखिर यहाँ क्या अच्छा लगता है? मैं चुप रहा। सलमान के खर्राटे और धीमे हो गये थे, वह गहरी नींद में था। अच्छा चलते हैं, उन्होंने बाथरूम के गंदे दरवाज़े की तरफ़ घूरते हुए कहा। कम्प्यूटर बंद कर दो और तुम्हारा दोस्त वापस आये तो इस नम्बर पर बात कराना।

देर रात नसीर लौटा। पीये हुए था। यकीन मानिये, हमें नहीं पता था कि वह ओकेज़नली भी ड्रिंक्स लेता है। हम तीनों ही इससे दूर थे, सोनिया लेती हो तो नहीं कह सकते! यह तो पुलिसवाले ही जानते होंगे। मैंने कहा कि कुछ खा लो और सो जाओ। वह बोला—डोंट वरी, सोता हूँ-मैंने कंधे पर हाथ रखते हुए धीरे से कहा-क्या हुआ था सना से, तुम तो मूवी गये थे। बोला, पुलिसवालों ने सब खराब कर दिया। फ़ोरम पर वहीं सोनिया के सामने मुझको उल्टा-सीधा बोलने लगे। उससे भी दस सवाल पूछे। फिर गाड़ी की चाभी ले ली...और गाड़ी थाने भेज दी। कहने लगे कि जब ड्राइविंग नहीं आती थी तो गाड़ी क्यों खरीदी?...तीनों में सबसे कम सैलरी तुम्हारी है तब...किसने फ़ंड किया? किसी तरह सोनिया को ऑटो से ड्रॉप करके आ रहा हूँ। और यह? मेरा मतलब ड्रिंक्स से था। वह समझ गया, बोला अब नहीं करूँगा...यकीन मानो चिराग। मैंने कहा, कसम खाओ। उसने कहा-तुम्हारी कसम, सलमान की कसम, सोनिया की कसम...अब दुबारा नहीं होगा। कुछ देर बाद मैंने देखा, वह अभी भी जग रहा था...सीलिंग ताकते लेटा था। मैंने कहा सो जा भाई, सुबह ऑफ़िस भी है...गाड़ी की प्रॉब्लम है। वह मुस्कराने लगा, अपने में ही मुस्कराये जा रहा था। फिर उठ बैठा और बोला-एक मज़ेदार बात याद आ रही है... सुनोगे? मैंने कहा-सो जाओ कल सुन लूँगा। लेकिन वह सुनाने लगा-देखो यह घटना जवाहर नेहरू उच्चतर माध्यमिक विद्यालय बांसगांव आज़मगढ़ की कक्षा 10 की है। हिन्दी शिक्षक पंडित रामकृपाल चौबे बैठे हैं। बैठे-बैठे ऊब रहे हैं। बच्चे शोर मचा रहे हैं। अचानक उनकी आँख खुलती है। अपनी झेंप मिटाने के लिए उन्होंने अपनी छड़ी बड़ी ज़ोर से डेस्क पर पटकी-नसीर मियाँ, कल जो निबंध लिखवाया था, सुनाओ तो। मैं शुरू हो गया। शीर्षक- अनेकता में एकता-'भारतवर्ष का नाम राजा भरत... ।' अरे रुको-रुको...तुम तो रेलगाड़ी की माफ़िक शुरू हो गये, क्या तुम्हें अभी तक याद है? वह बोला हाँ मुझे याद है।

और सुनाने लगा–'भारतवर्ष का नामकरण...हमारे देश में बहुत से आक्रमणकारी आये लेकिन वे इसकी सुगंध और संस्कृति के दास बन गये। हमारा देश विश्व का अनोखा देश है जिसमें विभिन्न धर्मों, जातियों, सम्प्रदायों के लोग एक साथ रहते हैं। यहाँ भिन्न-भिन्न प्रकार की भाषाएँ बोली जाती हैं और अलग-अलग तरह के परिधान एवं खानपान प्रचलित हैं। हमारा भारत देश एक ऐसे बागीचे के समान है जिसमें कई रंग और कई सुगंध के पुष्प खिले रहते हैं। हिन्दू, मुस्लिम, सिख, ईसाई इस बगीचे के फूल हैं जो एक साथ खुशबू बिखेर रहे हैं। इसी को पंडित नेहरू ने अनेकता में एकता कहा है।' मैं सुना रहा था और पंडी जी फिर ऊँघने लगे...फिर सो गये। तब? हमने एक साथ पूछा। नसीर बोला तब क्या, पंडी जी सोते से उठे बोले मियाँ, एक पंक्ति भूल रहे हो...जब तक याद न पड़ जाये...उसी तरह सुनाते रहो, और वे फिर ऊँघने लगे। मैंने फिर वहीं से शुरू किया–भारतवर्ष का नाम...भारतवर्ष में बहुत से आक्रमणकारी...। वह ऊँघते ज़रूर थे लेकिन मेरी वह भूली पंक्ति उन्हें जगा देती थी और वह कहते थे—फिर से...। और मैं फिर से शुरू हो जाता था। भैया, इतनी बार पढ़ा, इतनी बार पढ़ा कि पूरा निबंध कंठस्थ हो गया। आज तक नहीं भूला, कभी नहीं भूला, कभी नहीं भूलूँगा...कभी नहीं भूल सकता। भूल भी जाता हूँ तो वह पंक्ति याद आ जाती है, वह पंडी जी याद आ जाते हैं-मझोले कद के मोटे से, धोती-कुर्ता के ऊपर जवाहर जैकेट और गाँधी टोपी...जैसे फ़िल्मों में देखते हैं...पुराने टाइप के। मैंने कहा ज्यादा सेण्टी न बनो, बताओ कौन-सी पंक्ति थी जो तुम भूल रहे थे। याद करके बताओ। याद क्या करना, याद है-इस फुलवारी को हिन्दू, मुस्लिम, सिख, ईसाई सभी ने अपने खून से सींचा है।

कुछ देर के लिए हम सब चुप हो गये। लाइट गोल थी तो कमरे में अंधेरा था। अंधेरे में हम एक-दूसरे को देख नहीं पा रहे थे-एक-दूसरे से अपने पैर फँसाये लेटे हुए थे और एक-दूसरे को महसूस कर रहे थे। लाइट आती तो हम कुछ काम करते। सोनिया इस समय ऑनलाइन होती थी और नसीर को बड़ी बेसब्री से इस समय का इंतज़ार रहता था। टाइम पास करने के लिए वह ये पुरानी बातें सुना रहा था। कुछ देर बाद भक से लाइट जली तो हम ऑनलाइन हो गये। देखा तो वह सो रहा था। उसके मोबाइल पर सोनिया लगातार कॉल कर रही थी। कुछ देर में वह भी चुप हो गयी। हमने उसे नहीं जगाया। सोने दिया।

फिर हमारा भी कुछ खास काम करने का मन नहीं हुआ। लाइट बंद की और सोने की कवायद करने लगे। फिर सो गये। सपने में वही पंडी जी आये-अपने प्रिय परिधान में। छड़ी को मेज़ पर पटक कर हमें जगाया और बोले-भारत माँ एक फुलवारी है, तुम चारों इस फुलवारी के फूल हो। हम सोये-सोये मुस्करा उठे। पंडी जी ने हमारी चौकड़ी को फूल कहा था! फिर हम रोने लगे।

शाम को हम तीनों फिर इकट्ठे काक्स टाउन के लिए निकले। चोपड़ा ने फ़ोन पर बता दिया था-परवेज़ अली मिर्ज़ा, काक्स टाउन, बेंगलूरु। उसने कहा था परवेज़ साहब ने अपने घर के ऊपर फ़्लैट जैसा कुछ बनवा रखा है और उनके किरायेदार दो दिन पहले ही छोड़ कर गये हैं और यह कि तुम लोग जल्दी पहुँचो, काम बस बना चाहता है।

हमें कॉल-बेल नहीं बजानी पड़ी। मिर्ज़ा साहब अपने शानदार अमीरखाने के सामने ही खड़े मिल गये। हमने बिना पूछे ही अपना नाम और आने का मकसद बताया। उन्होंने 'हूँ' किया और अंदर की ओर मुड़े, हम उनके पीछे-पीछे। उन्होंने बैठने का इशारा किया और तीनों से अलग-अलग इंट्रोडक्शन किया। फिर बोले, कहिये मैं क्या खिदमत कर सकता हूँ। हमने एम. नागेश्वर और यूपी वाले शुक्ला जी की बखिया उधेड़ कर रख दी। ये लोग मुसलमानों को समझते क्या हैं, आखिर हिन्दुस्तान में हो क्या रहा है, क्या हम सभी जेहादी हैं, टेररिस्ट हैं कि अछूत हैं जो हमें दूध से मक्खी की तरह निकाल कर फेंका जा रहा है। न कोई मकान देने को तैयार है, न पुलिसवाले चैन से बैठने दे रहे हैं। पता नहीं सही में वह था क्या, लेकिन जो हमने देखा उससे ज़रूर लगा कि मिर्ज़ा साहब की आँखों में हमारे लिए हमदर्दी तैर रही थी।

उन्होंने धीरे से पूछा, ये पुलिस वाली क्या बात है? हमने अपना समझ कर पूरी कहानी मुख्तसर में बयान कर दी।

उन्होंने गहरी साँस ली और चाय की ओर इशारा करते हुए अपने कप को होंठों से लगा लिया। चाय पीते-पीते कोई विशेष बात नहीं हुई, लेकिन खाली कप सॉसर टेबल पर रखते हुए उन्होंने फिर से गुफ़्तगू शुरू की-अच्छा, आप लोग कब से एक साथ हैं?

जब से बेंगलूरु में हैं तभी से। साथ-साथ पढ़ते थे, एक ही होस्टल में रहते थे। अब जॉब भी साथ-साथ करते हैं। और अब सैदाबाद में एक साथ रहते हैं,

और एक साथ ही अब वहाँ से निकलना चाहते हैं। सैदाबाद का नाम सुनकर वे बिचके। उनकी बातों से निकल कर आया कि उनके कुछ गरीब रिश्तेदार वहाँ रहते हैं और यह कि बहुत पहले उनका पूरा खानदान वहीं रहता था। कुछेक साल पहले जब इधर छोटा-मोटा दंगा-शंगा हुआ था तो उन्हें विद फ़ेमिली पूरे एक सप्ताह सैदाबाद में ही रहना पड़ा था। पर उनको अफ़सोस था कि सैदाबाद वैसा-का-वैसा ही है-गंदा, भी। भीड़, शोरगुल से लबरेज़, शोहदों, मनचलों, काहिलों, जाहिलों और कठमुल्लों से लबालब भरा हुआ। एक हफ़्ता उन्होंने वहाँ कैसे बिताया, वही जानते हैं। सलमान ने बड़े सलीके से पूछा-तो दंगे में आप उधर चले जाते हैं? उन्होंने सलमान पर पहले ध्यान नहीं दिया था, गौर से देखा, फिर बोले-एक ही बार हुआ है, यहाँ अनसेफ़ लगता था तो हाँ उधर चले गये। बाकी वह जगह जाने लायक नहीं, रहने की तो छोड़िये। मतलब कि सैदाबाद से परमानेण्टली पीछा नहीं छूट सकता, नसीर ने पहली बार मुँह खोला। क्या कहें, परवेज़ अली मिर्ज़ा सोचते हुए बोले-कह नहीं सकते कि कल क्या हो, पर उधर से बचकर रहने में ही भलाई है। देखिये, सच कड़वा होता है, लेकिन निगलने में ही समझदारी है। अब आप जैसे नौजवान सॉफ़्टवेयर इंजीनियर...अगर वहाँ... वह भी मस्जिद और इमाम के इतने करीब रहेंगे तो पुलिसवालों की नज़र तो जायेगी ही। भई आप जहाँ भी रहेंगे पुलिसवालों की नज़र में आप रहेंगे, सीआईडी वाले आप से गाहेबगाहे आमना-सामना करते रहेंगे। इसमें आप कुछ नहीं कर सकते। इसमें आप क्या कर सकते हैं, कोई भी क्या कर लेगा, बताइये।

सलमान का नहीं कह सकता, लेकिन मुझको और नसीर को उनकी बातों में दम नज़र आया। तो अब हम क्या करें, इसीलिए तो आपके पास आये हैं। यहाँ रहेंगे तो ठीक रहेगा, पुलिसवालों से सेफ़ रहेंगे। हमें और क्या चाहिए, रोज़-रोज़ की टेंशन से फ्री रहेंगे। फिर धीरे से सकुचाते हुए बोले-देखिये सैदाबाद के बारे में आप ठीक कहते हैं। कैसी जगह है...हम लोग ऑफ़िस कलीग को भी नहीं बता पाते।

वह कुछ सोचने लगे। उनकी आँखों में नमी दिखी। वह बोले, देखिये हम आपकी मदद करना चाहते हैं। मैं समझ सकता हूँ आपकी परेशानियाँ और दिक्कतें। अगर मैं नहीं समझूँगा तो कौन समझेगा। किससे और उम्मीद की जा सकती है, लेकिन एक बात बोलूँ?

हम तीनों उन्हें देखने लगे।—क्या बोलना चाहते हैं, ज़रूर बोलिये।

उन्होंने सिगरेट सुलगा ली थी। धुआँ छोड़ते हुए थोड़ा और मुखातिब हो गये- देखिये, हमारी सलाह मानिये तो एक और दोस्त बनाइये...अपनी तिकड़ी को चौकड़ी बनाइये...एक नॉन मुस्लिम, प्रेफ़ेरेबली हिन्दू...नहीं तो सिख, ईसाई कोई भी...ज़रूर दोस्त बनाइये। मेरी बात की गहराई को समझिये... रास्ता आसान होगा आपका इससे। आप लोगों से चूक हुई जनाब।

हमने उनकी बात सुनी और टकटकी बाँधे उन्हें देखते रहे। इस पर क्या कहें किस तरह टोका-टाकी करें समझ नहीं पा रहे थे। दरअसल मिर्ज़ा साहब ने क्या कहा था और हमने क्या सुना था दोनों एक ही बात थी या उन्होंने कहा कुछ था और हम समझ कुछ और रहे थे...हमें पता नहीं था। हम तीनों टुकुर-टुकुर देखे जा रहे थे उनकी ओर। सिगरेट पीते वे गम्भीर मुद्रा में बैठे थे। हम उन्हें देखे जा रहे थे कि अब कुछ और बोलेंगे, और हमें उस पर ध्यान देना है। वे हमारे सरों के थोड़ा ऊपर दीवार पर नज़रें टिकाये थे। उन्होंने वहीं देखते-देखते कहा-आप लोग सोच रहे होंगे यह सब मैं क्या बोल रहा हूँ, लेकिन यह सही है कि आप लोगों ने नासमझी की।

फिर से यह सुन कर सलमान एकदम सिकुड़ गया। नसीर नर्वस लगा, अपनी उँगली को शर्ट से बिला वजह रगड़ रहा था। उम्र में कच्चे, उम्र में बच्चे, हमारी चूक पकड़ी गयी थी...हमारी गलती बतायी जा रही थी। अचानक हम इतने हल्के पड़ गये कि तर्क-वितर्क करने की हिम्मत न पड़ी। इतनी बड़ी गलती हुई थी, इतनी भारी चूक हो गयी थी कि...कोई अब हमें कैसे बचाता। मिर्ज़ा साहब की जगह कोई और होता तो हम बैठे-बैठे यह सब न सुन लेते। मिर्ज़ा साहब तो अपने हैं, अगर ये समझ रहे हैं कि हमने गलत किया है तो हमने किया है। अब वे जितनी चुप्पी साधे हुए थे...जितना धुएँ पर धुआँ छोड़ रहे थे, उतना ही हमारा अपराधबोध, हमारी आत्मग्लानि, हमारी एहसासे कमतरी हम पर हावी होती जा रही थी। अपनी गलती की ही सज़ा तो हम भुगत रहे थे। अपनी चूक के कारण ही तो मारे-मारे फिर रहे थे हम। परवेज़ अली मिर्ज़ा ने अभी डैमेज कंट्रोल का एक नुस्खा बताया है। तिकड़ी में एक हिन्दू दोस्त डाल कर इसे चौकड़ी बना लें, न कोई शक करेगा, न कोई घर देने से एतराज करेगा। हमारी दोस्ती की पाकीज़गी दाँव पर थी। समाज और सरकारी अमले की नज़र में यह

सांठ-गांठ थी, मित्रता नहीं। इसकी बेगुनाही को बहाल करने के लिए हमें एक और दोस्त बनाना चाहिए। जिस समय हमारे दिलों में दोस्ती की कोंपलें फूटी थीं, काश मिर्ज़ा साहब से भेंट हुई होती!

इस दौरान मिर्ज़ा साहब ने अपने दोस्तों की एक लम्बी-चौड़ी फ़ेहरिस्त पढ़ कर सुनायी-हर तबके, हर मजहब के लोग थे उसमें। खाली सैदाबाद का कोई नहीं था। लेकिन सभी से गहरी दोस्ती भी नहीं थी उनकी। ज़रूरत के हिसाब से वे सब कुछ मैनेज किये हुए थे।बोले-इसी कालोनी में ऐसे मुसलमान हैं जो बस अपनों तक महदूद हैं, अपनों में ही मस्त हैं, जैसे आप लोग। और जब फँसते हैं तो हमारे पास दौड़ते हैं।हमें कोई टच करके देखे। खुदा न खास्ता कुछ हो गया तो हमारी ओर से जहाँ दो मुस्लिम खड़े होंगे वहीं चार गैरमुस्लिम खड़े हो जायेंगे। आप लोगों ने क्या कमाया बताइये। पैसा ही सब कुछ नहीं होता। हमने दोनों कमाया है, और मौका आने पर दोनों को जी खोल कर खर्च करते हैं। इस तरह के कुछ दोस्त रहने से आदमी सेकुलर लगता है, सेकुलर की छोड़िये, सेफ़ हो जाता है। एक और राज़ की बात बताऊँ। बहस-मुबाहसों में-जहाँ चार लोग आपका मुँह ताक रहे हैं, कान लगाये हुए हैं- पाकिस्तान को अटैक करना चाहिए, सबकी तरह आपको भी उसे फ़ेल्ड स्टेट, टेरर सेण्टर, ऐण्टी इंडिया कहना चाहिए और जम कर कहना चाहिए। दरअसल आप गलत नहीं कहेंगे, वह है ही ऐसा...मुसलमानों के नाम पर कलंक! अगर कराची में हमारे रिश्तेदार न होते, हमारे सगे बड़े भाई हैं वहाँ, हमारे बुजुर्ग चचा हैं वहाँ, रिज़र्व बैंक ऑफ़ पाकिस्तान में सीनियर मुलाज़िम हैं...आपके भी बहुत से होंगे...अगर ये लोग न होते, और हमारे हाथ में बम होता तो हम तो पूरे हिन्दुस्तान को दिखा कर बस कराची या लाहौर पर फोड़ देते। सच बतायें, यह मेरी दिली तमन्ना है...लेकिन मजबूर हूँ।

उनके इतना सब बोलने पर मेरे मुँह से निकला आप ठीक फ़रमा रहे हैं। वे बोले-भई इससे कुछ अपना जाता है, कुछ गया क्या। याद रखिये कि आप इंडिया में रहते हैं, पाकिस्तान में नहीं। यहाँ के मुसलमान इस बात के मर्म को समझें तब ना। अब देखिये, जब आप जैसे पढ़े-लिखे नौजवान नहीं समझते तो क्या हम मौलवी, मौलाना, कठमुल्लों, जाहिलों से उम्मीद कर सकते हैं। अगर हमारे लोग इस बात को समझ लें तो समाज भी खुश, पुलिस से भी बचें...और

समझिये कि मुल्क में अमन-चैन। हम उनकी बातें सुनते-सोचते बैठे थे। हममें से किसी से भी कुछ बोला नहीं जा रहा था। हम निरुत्तर थे। उन्होंने अपनी बेबाकी से हमें निःशब्द कर दिया था। ऐसा खुलकर बात करने वाला और पते की बात करने वाला शख्स पहले कभी न मिला था। वे बोले, मुझे तो जो मिलता है, यही समझाता हूँ कि भइया, इसी में भलाई है। अपने बच्चों को भी। पहले वे नहीं समझते थे, हँसते थे हमारे ऊपर लेकिन ठोकर लगी तो समझ में आ गयी बात। खैर छोड़िये उन्हें, जहाँ तक आप लोगों की बात है, देखिये अगर आप में से कोई एक भी गैर मुस्लिम होता तो फटाक से मैं तो चलता...ऊपर वाला फ़्लैट दिखाता और आप कल से शिफ़्ट हो जाते। फिर उन्होंने एक घूँट पानी पीया...शायद दो घूँट...ठीक से याद नहीं...लेकिन इसके बाद जो बोले ठीक ठीक याद है-देखिये, ऐसे में तो यहाँ भी पुलिस आ सकती है। और वाजिब बात है...उन्हें शक है...उनके पास जरूर सही-गलत कोई-न-कोई इन्फ़ॉरमेशन होगी। वो तो अंधे होते हैं...और अगर आ गये तो मैं तो कहीं का नहीं रहूँगा। बनी-बनायी इज़्ज़त मिट्टी में मिल जायेगी। अच्छा छोड़िये, वे नहीं भी आते हैं तब भी तो बात होगी। मिलने-जुलने वाले क्या कहेंगे...तीन मुसलमान लड़कों को एक साथ कहाँ से सर पर बैठा लिया। कौन हैं, क्या हैं, कहाँ से हैं, रात में क्या करते हैं, कहाँ जाते हैं, कौन आता है इनसे मिलने, वगैरह-वगैरह। अब मैं क्या जवाब दूँगा, बताइये।

सलमान मुझे चिकोटियाँ काट रहा था कि अब चलो। बहुत देर हो गयी है, सैदाबाद के लिए दो बार ऑटो बदलना पड़ेगा। रात में ऑटो वाले सैदाबाद जाने से कतराते हैं। नसीर इस वार्ता के दौरान करीब-करीब चुप ही रहा था-बस बीच-बीच में उसकी मेसेजिंग जारी थी। सलमान चलने के लिए खड़ा हो गया तो नसीर ने मेरे कान में कहा- इन्होंने तो अपनी बात साफ़ कर दी...अब चलो... सोनिया की तबीयत कुछ खराब है, वह डॉक्टर के यहाँ बैठी है-चलते हैं। मिर्ज़ा साहब ने एक कप और चाय का लालच दिया, मैंने कहा जी नहीं, तकल्लुफ न करें, बहुत-बहुत शुक्रिया, चलता हूँ।

और हम चले आये।

हम जितनी बार भी मकान देखने गये थे, उन जगहों से अजीब-सी मन:स्थिति में लौटे थे। न तो आते वक्त सलमान ने मिर्ज़ा साहब के यहाँ

तोलमोल की बात की, न ही रास्ते में कुछ बोल रहा था। मैंने उससे कहा क्या बात है तुमने तो कोई पंचलाइन दी ही नहीं। वह बोला, मिर्ज़ा साहब की बातें थीं ही ऐसी जिनकी कोई काट नहीं थी...खाली एक बात कहना चाहता था, वह यह कि अगर दोस्त बनने या बनाने में हमसे चूक हो भी गयी है तो ऑनलाइन दोस्त बना कर इसकी कमी हमने पूरी कर ली है। ऑनलाइन तो सैकड़ों नॉनमुस्लिम दोस्त हैं हमारे। नसीर बोला, भई यह तो वैसे ही है कि इलेक्शन में तुमने शुक्ला जी के फूफा को वोट नहीं दिया, लेकिन ऑनलाइन एक्ज़िट पोल में उनका नाम लेकर कमी पूरी कर दी। हकीकत और फ़साने में फ़र्क समझ भाई। ऑनलाइन में पास और ऑफ़लाइन में फ़ेल।

सैदाबाद पहुँचे तो मुँह सूख कर काँटा हो गया था, माथा चकरा रहा था, दिल घबरा रहा था कि कहीं वो तीनों न आ धमकें। परवेज़ मिर्ज़ा के यहाँ से लौटने के बाद हम जितना हैरान थे, उतना इससे पहले कभी नहीं। मुहल्ले थे, कॉलोनियाँ थीं, फ़्लैट थे, कमरे और आउटहाउसेज थे, लेकिन हमारे लिए सभी दरवाज़े बंद थे, परवेज़ अली मिर्ज़ा के भी।

कल संडे है तो आज जी भर कर सो लें। सलमान बोला, चिराग मियाँ गलत बोल रहे हो, कल संडे है तो आज जी भर कर जग लें। मैंने उसकी तरफ़ देखा, फिर नसीर की तरफ़। दोनों न जाने क्यों...बहुत प्यारे लग रहे थे, नसीर कुछ ज़्यादा ही। दिन भर की थकान नदारद थी, बिना तकिये के, चारों खाने चित, आँखें बंद किये लेटा था। उसका चेहरा एक नर्म, कोमल एहसास से भरा था। उसका रोम-रोम मासूमियत से लबरेज़ था, ऐसे लग रहा था जैसे कोई मेमना। शायद सोनिया को याद कर रहा था। मोहब्बत में कैद शख़्स ऐसा ही हो जाता है-क्या हिन्दू, क्या मुसलमान। उसने आँखें खोलीं, बोला-सो जा चिराग बहुत थक गया है तू। मुझे भी सोना है, कल सोनिया को लेकर डॉक्टर के यहाँ जाऊँगा। मैंने कहा-यहाँ आ जा भाई, मेरे पास, मेरा दिल बहुत घबरा रहा है, तुझे लेकर मैं बहुत फ़िकरमंद हूँ। नसीर मुस्कराया, और मुझसे सट गया। मैंने उसके सर पर हाथ रखा और सहलाने लगा। वह जल्दी ही सो गया, और फिर मैं भी।

सुबह जल्दी ही नसीर निकल गया। सलमान अपने सिस्टम पर कुछ काम कर रहा था। मैं भी कुछ-कुछ कर रहा था। सुबह-सुबह जब हम चाय पीने निकले तो इमाम साहब टकरा गये। उनको हम कभी-कभार मुट्ठी बंद करके

कुछ दे दिया करते थे-बदले में लाख दुआएँ पाते थे-खालिस उर्दू, अरबी में। और फिर एक छोटी-सी बिन माँगी अनचाही हिदायत-नमाज़ पढ़ा करो बेटा, इससे रूहानी ताकत मिलती है, अल्ला भी खुश होता है। इस कायनात का शहंशाह जो ऊपर बैठा है-उन्होंने उँगली ऊपर उठायी-उसे अपनी बंदगी पसंद है। (सलमान फुसफुसाया...उसे इतनी गंदगी पसंद है) अल्ला के अच्छे बंदे बनो (सैदाबाद के गंदे बच्चे बनो) रोज़ नहीं तो कम-से-कम जुमे की ही नमाज़ में शामिल हो जाया करो। फिर उन्होंने कई मुस्लिम वीआईपी के नाम गिनाये जो ऑफ़िस, कोर्ट, कचहरी, बिज़नेस आदि बंद करके नमाज़ के लिए पाँच मिनट का वक्त ज़रूर निकाल लिया करते थे, और एक हम लोग हैं!

आज भी जब हम चलने लगे तो उन्होंने वही बातें दुहरायीं, वही सलाह दी। हम हमेशा की तरह बगले झाँकते, झेंपने और शर्मिन्दा होने की एक्टिंग करते हुए...हाँ अब से पढ़ेंगे, जी अब से ज़रूर आयेंगे...बुदबुदाते हुए वहाँ से फूटना चाहते थे। लेकिन चूँकि वह हमारा हाथ अपने हाथों में लेकर बातें कर रहे थे, छुड़ा कर भागना बदतमीज़ी समझी जाती। हम खड़े रहे। वे बोले, एक बात और बेटा, कभी-कभी तुम लोगों के साथ एक खातून को देखते हैं...तुम्हारी गाड़ी भी चलाती है...तेज़तर्रार लड़की है...अब देखो...तुम लोगों को समझाने वाला मैं कौन होता हूँ...लेकिन इस तरह गैर कौम की खातून को इधर लाना ठीक नहीं...लाना तो किसी भी खातून को ठीक नहीं...लेकिन गैर कौम की लड़की है तो तनाजा हो सकता है, बदगुमानी हो सकती है...और क्या कहें वे सही शब्द सोचने लगे-देखो ये मामला कुछ भी बन सकता है। दंगे-फसाद इसी तरह होते हैं, बात कुछ रहती है, और फ़िज़ूल में बदनाम होता है हमारा मज़हब, और हमारे लोग। देखो, ध्यान रखना, अल्ला-ताला तुम्हें लम्बी उम्र अता करे, तुम्हें खुश और आबाद रखे (फ्रेजर टाउन में चाहे सैदाबाद में रखे) जाओ-जाओ अपना काम करो, बहुत वक्त ले लिया...अल्ला हाफ़िज़! हम अल्ला हाफ़िज़ कहते हुए उनके चंगुल से बाहर निकल आये।

हमारा दोस्त सलमान कुछ ज़्यादा ही सर झुका कर अदब से उनकी बात सुनने का इम्प्रेशन दे रहा था और बीच-बीच में जी हाँ जी हाँ, सही फ़रमा रहे हैं, सही कह रहे हैं बोलता जा रहा था। और कुछ पैरोडी भी। हम तीनों में या कहिए कि चारों में एक वही है जो मुसलमानों की खास लिटरेरी शगल यानी

ग़ज़ल और शे'रो-शायरी पर पकड़ रखता था। माशा अल्ला, गला भी अच्छा है। एक और फ़न में उस्तादी हासिल है उसको। वह है पैरोडी बनाने में-गद्य, पद्य दोनों में। आप सोच रहे होंगे कि इमाम साहब के चंगुल से छूटने के बाद ज़रूर उसने उनकी पैरोडी बनायी होगी या उनकी शान में कोई मजाहिया शे'र रचा होगा-उनकी दाढ़ी या उनके लिबास पर कोई तोलमोल वाला चुटकुला सुना दिया होगा। आप सही नहीं सोच रहे। वह कमरे में पहुँचा, कॉफ़ी बनाई, एक कप अपने लिए, एक कप मेरे लिए। बहुत दिनों के बाद अपना गिटार उतारा, साफ़ किया और शुरू हो गया-'दिल में एक लहर सी उठी है अभी, कोई ताज़ा हवा चली है अभी', वह दो लाइनों पर ही नहीं रुका। कॉफ़ी ठंडी होती रही आँख बंद किये हुए वह गाता रहा...आँख बंद किये मैं सुनता रहा। कुछ देर बाद ग़ज़ल खत्म हुई तो मैंने कहा वन्स मोर। उसने फिर शुरू किया वहीं से...और अंत तक ले गया। फिर गिटार को एक तरफ़ रखते हुए हँस कर बोला-सना खान ज़िन्दाबाद। मैंने भी सुर में सुर मिलाया-नसीर अहमद ज़िन्दाबाद। फिर मैंने उसकी तारीफ़ कर दी-जिसने यह ग़ज़ल गायी। दिल करता है उसका मुँह चूम लूँ। उसने झट पलट कर कहा-हाँ, इमाम साहब का उस गैर मुस्लिम खातून का नहीं जिसके लिये यह गायी गयी। फिर हम हँस पड़े।

सलमान की ग़ज़ल ने कुछ देर के लिए हमारा ध्यान नसीर की तरफ़ से हटा लिया था, लेकिन बेचैनी थी कि कम होने का नाम नहीं ले रही थी। घर का न मिलना एक वजह हो सकती है लेकिन वह तो हमें लम्बे समय से नहीं मिल रहा था। पुलिसवाले, निःसंदेह हमें डिस्टर्ब कर रहे थे लेकिन कभी-कभी लगता था, यह तो उनका रूटीन वर्क है...इसको अब इतना दिल पर लेना ठीक नहीं। पूछताछ कर चले जाते हैं, और क्या। एक बार सैदाबाद से हटे कि यह भी परेशानी जाती रहेगी। बस किसी अच्छे रिहायशी इलाके में घर मिलने की देर थी। पता नहीं क्यों नसीर को लेकर उलझन थी। सलमान का नहीं कह सकता, वह तो मस्तमौला है, पर मैं नसीर को लेकर ही फँसा हुआ था। मिर्ज़ा साहब के यहाँ से लौटने के बाद अजीब-सी कैफ़ियत हो रही थी उसकी। कैसे बच्चों जैसा बिहेव कर रहा था, कितना मासूम, कितना निर्मल हो आया था उसका चेहरा! सच कहूँ तो एक तरह की बेचारगी-सी पनप आयी थी वहाँ। पहले तो ऐसा कभी नहीं था। मैंने उसे कई बार कॉल किया लेकिन उसका मोबाइल बंद

जा रहा था। फिर सोनिया को मिलाया, उसका भी फ़ोन साइलेण्ट था। और तभी चोपड़ा कॉलिंग....हुआ।

चोपड़ा बुरी तरह चिल्ला रहा था-चिराग भाई सुनो तो...मैंने उसे बीच ही में काटा-चोपड़ा छोड़ दो भाई...हम लोग तुम्हारे बताये मिर्ज़ा साहब के यहाँ से भी हो आये-वह चिल्लाये जा रहा था अरे नहीं, सुनो-सुनो...गड़बड़ हो गयी है-तुम्हारे दोस्त को थाने में बैठा रखा है। मैंने फिर बीच में ही इसे रोका-घबराओ नहीं भाई वह गया होगा थाने, उसकी गाड़ी वहाँ है-नहीं, तुम सुनो पहले, उसको ज़मीन पर उकड़ूँ बैठा रखा है...मैं यहीं हूँ...मैंने आँख से देखा है-और सुनो उसकी गर्लफ्रैंड बोले तो वही तुम लोगों की सिस्टर इन लॉ लेडीज़ सिपाही लोग उसे घेरे हुए हैं। जल्दी आओ तुम लोग जल्दी करो।

देखिये, सच को बयान करने के कई तरीके भले हों, लेकिन तरीका उसका एक और सिर्फ़ एक होता है। मैं सच को सच की जुबान में बयान कर देता हूँ-मैंने यह बात सलमान को बतायी और हम दोनों डर गये-हम दोनों बिना बोले एक-दूसरे को देख रहे थे...हमारा खून जैसे सूख गया और हमारा चेहरा फक पड़ गया। नसीर को उकड़ूँ बैठने से ज़्यादा सोनिया को पुलिस घेरे हुए थी ने हमें विचलित कर दिया। सलमान धीरे से बोला-अब वे इधर ही आ रहे होंगे...हमें ज़रूर पकड़ेंगे। तो फिर हम क्या करें? सोनिया पुलिसवालों की गिरफ़्त में और हम यहाँ हैं। क्या करना चाहिए...सीधे पुलिस स्टेशन भागें या कहीं छिप जायें। हमारा पैनिक बटन दब गया था। जब नहीं सोच पाये तो चोपड़ा को डरते-डरते इधर से फ़ोन मिलाया। क्या? तुम लोग वहीं हो? अरे तुम इधर आओ...इनको छुड़ाने का कुछ करते हैं। मैंने कहा चोपड़ा, हम आ रहे हैं...यह तो बहुत बुरा हुआ...पर क्या कहीं वो हमें भी...। उनकी माँ की, तुम आओ तो...सालों को देखता हूँ...ऐसा कैसे कर सकते हैं...आओ मैं हूँ जल्दी करो।

हमें हिम्मत बँधी और हम हवाई चप्पल में ही चल पड़े। वहाँ जो देखा, अब आपसे क्या छिपाना, किसी से भी क्या छिपाना। एक तरफ़ मैं सलमान और चोपड़ा, दूसरी ओर वे सारे-के-सारे। ढेरों पुलिस वाले, ढेरों सिपाही, ढेरों हथियारबंद देश के रखवाले। चोपड़ा ने दिखाया, वहाँ देखो, वहाँ कोने में। हमारे दोस्त को ज़मीन पर बैठाया था इन लोगों ने। वह सर नीचे किये बैठा था, उसके पैरों में चप्पल नहीं थी...पैंट घुटने से फट सी गयी थी...शर्ट और पैंट में मिट्टी

भी लगी थी। शायद दौड़ा कर पकड़ा होगा। मेरा मानना है कि डॉक्टर के यहाँ जब वह लाइन में लगा होगा तो पुलिसवाले कहीं दूर खड़े उसको मार्क कर रहे होंगे कि वहाँ से निकले तो पकड़ें। इसकी नज़र पहले उन पर पड़ी होगी...और एक साथ बहुत से पुलिसवालों को देख कर वह डर गया होगा और जान बचा कर भागा होगा। वहीं खड़े एक सिपाही ने बताया कि वह तो बच कर निकल गया था तो हम लोगों ने लड़की को पकड़ा। उसको लेकर पुलिस स्टेशन आ गये और उसी से फ़ोन करवाया। उसने कहा कि रेलवे स्टेशन के पास हूँ। इससे कहलवाया वहीं रुको मैं भी आती हूँ। फिर दो गाड़ी भर कर फ़ोर्स गयी। हमारा दोस्त फिर भागने लगा। जान हथेली पर लेकर भाग रहा था...गिरता-पड़ता। लेकिन पब्लिक आड़े आ गयी। पब्लिक ने पकड़ लिया। पुलिसवालों ने पब्लिक से हमारे दोस्त की जान बचायी और जीप में बैठा कर थाने ले आये। फिर हमने सोनिया को देखा। वह हमारे दोस्त से थोड़ी ही दूर पर खड़ी थी। सिपाही कह रहा था कि इसको बैठाने की बहुत कोशिश की गयी, अड़ गयी कि नहीं बैठेंगे। वह तो कह रही थी कि नसीर को ऐसे कैसे बैठाये हुए हैं...ढंग से बैठाइये। सिपाही ने कहा कि जब तक कैमरे वाले नहीं आये थे वह ऐसे ही पुलिसवालों से भिड़ी हुई थी। बाद में उसने स्कार्फ़ से अपना चेहरा ढक लिया। हमने देखा कि सोनिया की जींस, शर्ट सब प्रॉपर थी। शूज़ भी पहने हुए थी खाली चेहरा ढका था। अच्छा ही था जो उसने चेहरा ढक लिया था। खाली उसकी आँखें दिख रही थीं। आँखों में नसीर।

हम हिम्मत करके नज़दीक गये। सोनिया ने हमें देखा, देखती रही फिर उसने सिर उधर कर लिया। अब हमने हमारे दोस्त को देखा। हमारे दोस्त ने हमें। अब आप रुकिये। यहाँ सच ही बोलना है तो सुनिये। चाहें तो हम सब कुछ लिख दें, सब कुछ बता दें कि तब क्या हुआ। हमारे दोस्त की हमसे जब आँखें मिलीं उस हालत में क्या हुआ। सच यह है कि मैं बताने की स्थिति में नहीं हूँ...नहीं बता पाऊँगा। हिम्मत जवाब दे रही है। इसे अनकहा छोड़ देने की भीख माँगता हूँ आपसे। हो सकता है कि सच पर झूठ हावी हो जाये। या कि झूठ पर सच। बस इसी से बचकर निकल जाना चाहता हूँ।

हम पुलिसवालों की भीड़ में उन तीनों को ढूँढ रहे थे। दरअसल हम यहाँ उन्हीं को जानते थे। जितनी बार भी वे हमारे यहाँ आये थे हमसे पूछताछ की थी

हमने उनसे पूरा कोऑपरेट किया था। दरअसल हम एक-दूसरे को पहचानने लगे थे। उन तीनों ने उसी होटल में खाना खाया जिसमें हमने। एक ने तो हमारे कमरे में पोर्न भी देखी थी। आखिर कुछ तो हमदर्दी हमसे होगी ही। पर वे कहीं नज़र नहीं आ रहे थे। सब नये चेहरे थे। हिम्मत करके हम साहब के पास पहुँच गये। साहब ऊँचे पूरे काले कलूटे इंसान थे और टूटी-फूटी हिन्दी बोलते थे या फिर कम टूटी-फूटी इंग्लिश। अर्दली, ड्राइवर,चायवाले और अपने मुंशी से धाराप्रवाह कन्नड़ में बोलते देखा। चोपड़ा ने हाथ जोड़ लिए : सर जी, ये दोनों बच्चे यहाँ लाये गये हैं...सर जी क्या हुआ इनको, सर जी हम इनके ही लोग हैं कुछ बतायेंगे क्यों ? साहब ने अपनी भारी-भरकम बिना रस वाली आवाज़ में पट-पट बता दिया कि अरेस्ट नहीं किया है इनको। लेकिन कुछ इंटेलीजेंस इनपुट है हमारे पास उसी की छानबीन के लिए लाये हैं। अब आप लोग क्यों आ गये ? अभी छोड़ देंगे घबराइये मत...। पूछिये हमने कहीं इनको इलट्रीट किया। कॉलर तक जो पकड़ा हो। वह तो खुद ही भागने लगा। यह तो कहो हमने इसे भीड़ से बचाया। लड़की से पूछो किसी ने मिसबिहेव किया। चोपड़ा ने फिर हाथ जोड़ लिए- सर जी ऑलरेडी इनका बहुत डैमेज हो चुका है...नौकरी से तो समझो गये। कल पेपर में आ जायेगा...उस लड़की का सोचिये...अच्छे परिवार की है...उसके साथ तो बहुत ही बुरा हो गया। वहीं पूछ लेते और जाने देते सर जी।

इतना सारा सुन कर साहब थोड़ा हार्ड हो गये। पहले तो उन्होंने कैमरे वालों से दूर जाने को कहा और बोले—

अच्छे परिवार से हैं ? आप जानते हैं इसको ? अरे भाई मुसलमान है। हमने बैकग्राउंड चेक किया है हिन्दू बन कर रह रही है यहाँ, पूछिये। आप कहते हैं अच्छे परिवार की है, है तो हम क्या करें। पूछताछ करके छोड़ देंगे...लॉकअप में वैसे भी जगह नहीं है। कई दिनों से पकड़-धकड़ चल रही है। पूछ लीजिए इसने अपने बाप को फ़ोन किया है, वे आ रहे हैं।

इतने में साहब के भी साहब आ गये। चोपड़ा ने उनके सामने भी हाथ जोड़ लिए-श्रीमान, बच्चों को जाने दें, इनका जीवन खराब हो जायेगा। इनकी उमर ही क्या है। ये कहीं से गलत नहीं हैं। मैं जानता हूँ इन्हें, रहम करें माई बाप। बड़े साहब पीये हुए थे। ऐसे में गोपनीय सूचना भी उगलने लगे, देखो भाई, पीएम की विज़िट

हो रही है, नेक्स्ट वीक। तो इलाके को थोड़ा सेनीटाइज़ कर रहे हैं...इंटेलीजेंस रिपोर्ट है कि पीएम टारगेट पर हैं...उनको किडनैप करना चाहते हैं टेररिस्ट। कुछ स्लीपिंग सेल्स इसमें उनकी मदद कर रहे हैं। चोपड़ा ने जब यह सुना वह भी एक पुलिस अधिकारी से-तो वह बिफ़र पड़ा-क्या कहते हो सर जी,पागल हो गये हो आप लोग-पीएम को अगवा कर लेंगे बेंगलूरु से! डूब मरो पानी में सब लोग। वह मुड़ा और गर्दन लम्बी करके अपने गुस्से को थूक दिया। पिच्च।

साहब और बड़े साहब को जैसे होश आया कि यह क्या हो रहा है! कैमरे वाले फिर से सटने लगे थे। उसमें कुछ हिन्दी वाले भी थे। चोपड़ा उनकी ओर मुखातिब होकर वही बात दुहराने लगा। कैमरे वालों को बाइट चाहिए थी। उन्होंने हमारे दोस्त और सोनिया की ओर बढ़ना चाहा लेकिन संतरियों ने उन्हें रोक दिया। चोपड़ा उन्हें उकसा रहा था कि जाइये ज़रा उन बच्चों से पूछिये। वह काला-कलूटा मोटा साहब गुस्से से तिलमिला उठा-वह चोपड़ा की ओर लपका और एक झन्नाटेदार तमाचा उसके गाल पर जड़ दिया। चोपड़ा लड़खड़ा गया, फिर गाल पर हाथ रखते हुए वहीं बैठ गया। गाल से ज्यादा उसके कान पर चोट लगी थी। दर्द और अपमान का घूँट पीता वह बैठा रहा। इतने में बड़ा साहब अपनी कुर्सी से उठा और छोटे साहब को एक तरफ़ बैठाते हुए बोला- जाइये आप लोग जाइये...दो घंटे में इन्हें छोड़ दिया जायेगा। नहीं जायेंगे तो रात भर हम इन्हें यहीं रखेंगे और मारेंगे भी। मार-मार कर हड्डी-पसली एक कर देंगे। जाइये। हम बाहर निकल कर गेट पर बैठ गये। पीछे से फिर कुछ पुलिस वाले आये और बेंत दिखाते हुए हमें घर जाने को कहा। हम गेट से दूर एक नाले के किनारे जाकर बैठ गये। फिर वहाँ भी कुछ पुलिस वाले आये और भगा दिया। हम और आगे जाकर एक टूटे-फूटे मकान के पीछे छिप गये। वे वहाँ भी आ गये और हमें पीछे हटना पड़ा। फिर हम एक शराब की दुकान की ओट में छिप कर बैठ गये। वे वहाँ भी आ गये, दो सरकारी कुत्ते लेकर। बोले भागो नहीं तो इन्हें तुम्हारे ऊपर छोड़ देंगे। हम वहाँ से भी भागे। वे वहीं शराब पीने लगे। इसी क्रम में पीछे हटते-हटते हम सैदाबाद आ गये। हमें लगता है देर रात जब हम सैदाबाद पहुँचे होंगे और चोपड़ा अपना गाल सहलाता चोपड़ी के पास पहुँचा होगा तभी पुलिस वालों ने नसीर अहमद वल्द वज़ीर अहमद और सना फातिमा खान बिन्त आदम अली खान को छोड़ा होगा। यह बात तय है कि

उनका इनकाउंटर नहीं किया गया था।

यह बात मैं इसलिए कह रहा हूँ कि जब हम कमरे पर पहुँचे, बेचैनी जैसे एकदम से खत्म हो गयी। खाने का मन तो नहीं हुआ लेकिन नींद ने धोखा नहीं दिया। हम सोये तो सुबह साढ़े दस बजे आँख खुली। ऑफ़िस तो वैसे भी नहीं जाना था। हर मंडे को ऑफ़िस से ऐसे डर लगता है जैसे छोटे बच्चों को स्कूल से। सलमान ने चाय बनायी, चाय पीकर हमने जो पहला काम करना चाहा वह था अखबार खरीद कर देखना। इमाम साहब से नज़र चुराते हुए मोड़ पर पहुँचे और सभी अखबारों के फ्रंट पेज से पेज नंबर तीन तक देख डाला। कहीं कुछ नहीं था कोई ़फ़ोटो, न कोई खबर। जान-में-जान आयी। वापस लौटे और अब पता करना था कि दोनों छूटने के बाद कहाँ गये? उनका ़फ़ोन अभी साइलेंट जा रहा था। लेकिन यह क्या? मेरे मोबाइल पर सात मिसकॉल थीं, नसीर की। जब हम गहरी नींद में सो रहे थे तो उसने कुछ बताना चाहा था। मेरे शरीर का सारा रक्त जैसे भाप बन कर उड़ गया। सात मिसकॉल। हम सोते रहे। इतने में चोपड़ा कॉलिंग होने लगी–सर जी, कर दिया न सालों ने काम। क्या? मेरे मुँह से निकला। मैं हिल रहा था। सलमान मुझे ताकने लगा। अखबारवालों ने छाप दिया ना, वह बोला। नहीं तो...नहीं मैं थरथरा उठा। लेकिन मैं समझ गया। उसने कहा *दक्षिण भारत* का पेज नंबर पाँच देख लो। उनके साथ हमारी तुम्हारी ़फ़ोटो भी छपी है। बंदों को तो छोड़ दिया है लेकिन जाँच जारी रहेगी। लड़की रात में ही बाप के साथ ़फ़्लाइट से घर गयी और तुम्हारे दोस्त से कहा गया है कि वह बेंगलूरु छोड़ कर न जाये। यही नोटिस तुम्हारे पास भी आने वाला है।

मैंने नसीर को ़फ़ोन लगाया। कोई ़फ़ायदा नहीं। फिर ़फ़ेसबुक और मेल का सहारा लिया कुछ नहीं हुआ। पुलिसवालों ने उसका कम्प्यूटर ज़रूर ज़ब्त कर लिया होगा। बड़ी मुश्किल से सना का नम्बर लगा। किसी पुरुष की आवाज़ आयी। उसके अब्बू ही हो सकते हैं, और कौन? मैंने कहा, जी सना से बात करना चाहता हूँ...बेंगलूरु से हूँ...चिराग। कुछ देर चुप...फिर आवाज़ आयी सॉरी रॉन्ग नम्बर। ़फ़ोन बंद हो गया। एक घंटे के बाद फिर ़फ़ोन उठा, इस बार सोनिया थी। उसने हैलो नहीं कहा। मेरे दस बार हैलो–हैलो सोनिया, हैलो सना, बोलो सोनिया, बोलो हमारी ड्राइवर, बोलो गर्लफ्रैंड, बोलो सिस्टर इन लॉ। हैलो क्या हुआ सना क्यों नहीं बोलती हो, उसकी आवाज़ आयी–नसीर

हमारे साथ एयरपोर्ट तक आया था-बोला था वहाँ से सैदाबाद जाऊँगा। चिराग अब फ़ोन मत करना, बाय।

सोनिया से यह हमारी आखिरी बात थी। कॉल करके वह क्या बताना चाहता था? किस मुश्किल में था वह। अब नसीर को देखना था। कहाँ गया होगा वह एयरपोर्ट से। फ़्लाइट तो वह पकड़ नहीं सकता। पुलिस वालों ने उसे मना किया है बेंगलूरु छोड़ने से। उसके एक दूर के रिश्तेदार शिवाजी नगर के आस-पास रहते हैं, वहाँ गया होगा। ज़रूर वहीं गया होगा। हमने ट्राई किया। वहाँ भी नहीं था। अब हमें घबराना चाहिए था। लेकिन आश्चर्य है, घबराहट का नामोनिशान नहीं था। बल्कि मेरी सोच-विचार की प्रक्रिया में एक प्रकार की क्रमबद्धता आ रही थी। मैं तार्किक ढंग से सोच रहा था-मेरे सारे पैरामीटर्स सही काम कर रहे थे और मेरी मानसिक दशा एकदम सामान्य थी। मेरी शारीरिक दशा भी ठीक थी-मेरे खून का दबाव, मेरी धड़कन, मेरी हरारत सब नॉर्मल। सलमान भी सही-सलामत साबुत मेरे सामने था। यह सब इसलिए कि मैं शांतचित्त था, सारे विकल्पों पर विचार करते हुए सबसे अनिष्टकारी परिणाम या निष्कर्ष पर पहुँचने के लिए स्वयं को पूरी तरह मानसिक रूप से तैयार कर लिया था मैंने। आखिर क्या हो सकता है...नसीर को। घर नहीं जा सकता या कहीं बाहर नहीं भाग सकता तो बेंगलूरु में ही कहीं होगा। इसका मतलब है कि जब-जब पुलिस स्टेशन पर बुलाया जायेगा, वह आयेगा। तब हम भी जायेंगे ही। और तभी हमारी उससे मुलाकात होगी। दूसरा यह कि क्या उसने सुसाइड वगैरह तो नहीं कर लिया। इसके विरोध में दो बातें थीं। पहला, वह बहुत ही मज़बूत, मज़ेदार और दिल का अच्छा बंदा था। यह पुलिसवाले जानें न जानें हम तो जानते हैं। नसीर किसी को मार देगा लेकिन अपने हाथों मरेगा नहीं। क्या पुलिसवालों ने उसका एनकाउंटर कर दिया। नहीं, कभी नहीं। पुलिसवालों की बात से लगता था कि उन्हें सिर्फ़ शक था, कोई ठोस आधार उनके पास नहीं था। ऐसे में वे भला किसी की जान कैसे ले सकते हैं। दूसरे यह कि तमाम न्यूज़ वालों ने उसे पुलिस स्टेशन में ज़िन्दा देखा है और उसकी फ़ोटो छपी है जिसमें वह ज़िन्दा ही दिखायी पड़ रहा है। अब पुलिस वाले कुछ करेंगे तो खुद फँसेंगे। तो फिर नसीर गया कहाँ? उतना सब तर्क-वितर्क करने के बाद जब मैंने यह कहा कि फिर नसीर गया कहाँ तो सलमान फूट-फूट कर रोने

लगा। मैंने उसे समझाया-देख सलमान, मान लो कि तुम्हें मेरा विश्लेषण और निष्कर्ष सही नहीं लग रहा है तो एक सिम्पल चीज़ समझो भाई-यह तो तय है कि सोनिया सेफ़ और साउंड है। उससे तो हमने बात की है। तो अगर सोनिया ज़िन्दा है तो नसीर कैसे मर सकता है। ऐसे कैसे हो सकता है कि वे आशिक को मार दें जान से, और माशूक को छोड़ दें तड़पने के लिए। वे इतने निर्दयी नहीं हो सकते। सलमान फिर रोने लगा। मैंने कहा कि चल इधर आ...इधर आ मेरे पास...आखिर मैं तो हूँ। वह मेरे पास आकर लिपट गया।

दो दिन और गुज़र गये तो चोपड़ा टकरा गया। उसने परवेज़ मिर्ज़ा का भेजा हुआ रुक्का दिया। बोला उधर से गुज़र रहा था तो मिर्ज़ा साहब ने थमा दिया था। उर्दू में था तो सलमान को कुछ काम मिल गया। लिखा था-मेरे बच्चो, तुम लोगों के जाने के बाद मैं रात भर सोचता रहा। तुम लोग बेगुनाह हो और तुम्हें नाहक परेशान किया जा रहा है। मैंने भी तुम्हें सपोर्ट नहीं किया। पर मेरी मजबूरी समझो। बड़े जद्दोज़हद के बाद यहाँ तक पहुँचा हूँ-इतना सब अचीव किया है-इसलिए थोड़ी हिचक थी कि कहीं हमारे नॉन मुस्लिम पड़ोसी...। लेकिन अब सोचता हूँ कि नहीं...अपने लिए जिया तो क्या जिया। बेटा, तुम लोग आओ, शौक से आओ। मेरे साथ रहो। जो चाहो किराया देना। कल तक आ जाओ। तुम्हारा मिर्ज़ा।

ज़रूरी तो नहीं लेकिन यहाँ बताता चलूँ कि सलमान ने आदतन जानबूझकर पहली पंक्ति में 'सोचता' में 'च' को साइलेंट करके पढ़ा था। हँसने का मुकाम था, हँस नहीं सके।

चोपड़ा चला गया। समझाता गया कि अब यह सब छोड़ो, जहाँ पड़े हो, पड़े रहो। पुलिस वालों से पंगा लेना ठीक नहीं। मैं आता-जाता रहूँगा।

आज कई महीने होने को आये। नसीर का कुछ पता नहीं चला। हमारी चौकड़ी टूट गयी। अब हम खाली दो बचे हैं। नसीर और सोनिया की बेपनाह मुहब्बत के गवाह रहे हैं हम दोनों। वे बिछड़ गये एक-दूसरे से। किसकी नज़र लग गयी उनको। किसकी बुरी नज़र लग गयी सना खान की उड़ान को। हमारी नौकरियाँ चली गयीं। हमारी पीठ से हमारा कम्प्यूटर उतार लिया गया। हमारी जेब से हमारा सेलफ़ोन निकाल लिया गया। कितने कमनसीब हैं हम। अपने लैपटॉप और अपने मोबाइल के बिना निहत्थे जी रहे हैं। दुनिया अच्छी नहीं

लगती। बड़े बुरे फँसे हम। घर से दूर...बिना उन्हें कुछ बताये...अपने ऊपर लगे लाँछन को धोने में लगे हैं। जब-तब किसी-न-किसी बहाने पुलिस वाले आ धमकते हैं। सलमान बिखर गया है। कहता है क्या करूँ, कहाँ जाऊँ, क्या कर लूँ। मैं उसे सँभाल रहा हूँ।

नसीर, तू कहाँ है भाई। तुम्हारे बिना अच्छ नहीं लगता प्यारे। और एक दिन सोते में वह मिल गया। मैं बड़ी तेज़ी से उसकी ओर लपका, कहाँ थे मित्र, कहाँ चले गये थे हमें छोड़ कर मेरे भाई। मैं उससे लिपट जाना चाहता था। लेकिन उसने कोई गर्मजोशी नहीं दिखायी। मेरा दिल रोने को हुआ, अच्छा यह बताओ कहाँ है हमारी गर्लफ्रेंड...तुम्हारी महबूबा सोनिया। वह चुप खड़ा था...चुपचाप। और यह क्या, वह मुड़ा और जाने लगा। मैंने कहा—नहीं, बोलो तुम कहाँ हो, कहाँ रहते हो...आँखें तरस गयीं तुम्हें देखे हुए...सना का भी कुछ पता नहीं।...सचमुच उस दिन आँख लग गयी थी नहीं तो तुम्हारा मिसकॉल ज़रूर उठाता। पुलिस वाले दौड़ा रहे थे तुम्हें तो क्यों नहीं भाग के आ गये थे सैदाबाद हमारे पास। एक बहुत धीमी हँसी, और बोला—कहीं नहीं गया हूँ... यहीं भटक रहा हूँ...ढूँढता फिर रहा हूँ एक नया साथी, एक नया दोस्त। फूँक-फूँक कर कदम बढ़ा रहा हूँ...इंशा अल्लाह इस बार चूक नहीं होगी। सलमान कैसा है, अपना ख़याल रखो...चलता हूँ...खुदा हाफ़िज़।

नंगा नाच

रैगिंग के बारे में बस उड़ते-उड़ते सुना था। यह कि सीनियर बहुत खिंचाई करते हैं, कपड़े उतरवाकर दौड़ाते हैं, जूते पॉलिश करवाते हैं, दुकानों से बीड़ी-सिगरेट मँगवाते हैं और अगर जूनियर होने की औकात से बाहर गये तो मुर्गा बना देते हैं, फ़र्शी सलाम लगवाते हैं, नहीं तो दो-चार लगा भी देते हैं। पहली-पहली बार जब डी.जे. हॉस्टल पहुँचे तो ये सब तो था ही, अलबत्ता कुछ और भी चौंकाने वाले तजुर्बे हुए-मसलन, सीनियर अगर पीड़ा पहुँचाते हैं तो प्रेम भी करते हैं। किसी संजीदा सीनियर की छाया मिल जाय तो रैगिंग क्या, हॉस्टल की हर बुराई से बच सकते हैं। वगैरह-वगैरह...।

एक पुराने खिलाड़ी ने समझाया था कि रैगिंग से बोल्डनेस आती है, और बोल्डनेस से सब कुछ। रैग होकर आदमी स्मार्ट हो जाता है। डर और हिचक की सच्ची मार है रैगिंग। रैगिंग से रैगिंग करने वाले और कराने वाले दोनों का फ़ायदा होता है। धीरे-धीरे ही सही, रैगिंग के साथ बोल्डनेस बढ़ती रहती है। असल में सीनियरों को यही चिंता खाये जाती है कि सामने वाला बोल्ड क्यों नहीं है। पुराने खिलाड़ी ने आगे समझाया था कि अगर गाली-गलौज, डाँट-डपट से बचना है तो ऐसा दिखाओ कि सीनियर मग्घा न समझे। रिस्पेक्ट पूरी करो, पर आँखों में आँखें डालकर बात करो। आवाज़ ऐसी रखो कि पुराने मरीज़ न लगो। गाली खाने के बाद भी मुस्कुराते रहो। कपड़े सही पहनो। टिपटॉप रहो। पीछे वाली जेब में कंघी रखो। सीनियर समझेंगे लड़का मँजा-मँजाया है, रैगिंग की खास ज़रूरत नहीं। फिर जहाँ और सब साथी रात-दिन इंट्रोडक्शन देते फिरेंगे, सीनियरों के सामने नज़रें नीची किये खौफ़ज़दा खड़े रहेंगे या उनकी फ़रमाइश पर अधनंगे होकर डांस करेंगे, आप मौज करो।

पर विश्वास मानिये, जब नुस्खा आज़माने का समय आया तो बंदे की सिट्टी-पिट्टी गुम। हम बोल्ड बनना चाहते थे पर उन्होंने शुरुआती असर डालने ही नहीं दिया। रिक्शेवाले के सामने ही ऐसी गत बनाई कि बेचारा बिना पैसा लिये भागा। आँख तीसरे बटन पर फ़िक्स करके दोनों हाथों को समानांतर सीधे फैलाकर और घुटनों को तीस डिगरी मोड़कर अधखड़ा रहने के लिए पुलिसिया आदेश मिला। पहले तो कुछ समझ न आया, लेकिन बगल में ही एक गुर्गा पहले से ही उसी दशा में था। उसकी कंघी पीछे वाली पॉकेट से गिरने को थी। चुपचाप मैंने उसी की नकल की। देखते-देखते तीन और रंगरूट लाइन में अपने-आपको जोकर बनाये अधखड़े हो गये। एक ने झुकने में कंजूसी क्या की अपनी शामत बुला ली। पूरी पी.टी. हो गयी उसकी। देखते-ही-देखते सीनियरों का एक फुलफ्लेज्ड गैंग इकट्ठा हो गया। उन सभी का मन लंच टाइम के बाद अठखेलियाँ करने को ललचा रहा था। किसी ने हमारी टुड्डियों को छुआ, किसी ने गाल सहलाये, किसी ने बालों की लंबाई ली, किसी ने कंघी ले ली। फिर कहा गया कि दौड़ो....एक पैर पर। जिसने दोनों पैरों का इस्तेमाल किया उसे घंटों बैठना नसीब न होगा। फिर जाते समय हमें आपस में सुबह-शाम मिलने पर एक-दूसरे को सलाम करने को तरीका भी बताया–दोनों हाथ ऊपर उठाकर हथेली से हथेली मिला दो और सींपो-सींपो करते हुए कम-से-कम सात बार कूदो।

इसके बाद रैगिंग का एक ऐसा अंतहीन सिलसिला शुरू हुआ कि फ्रेशर और सीनियर शब्दों से भय खाने लगे। लगातार छह महीने तक सुबह, दोपहर, शाम जब जिसके दिल में आया रैगिंग करने लगा। हॉस्टल के अपने कायदे-कानून थे, अपनी परंपराएँ और अपने अलग रीति-रिवाज थे–जिनका खुलासा करना उस शपथ का उल्लंघन होगा जो हमें बार-बार दिलाई गयी थी कि बाहर कभी कुछ न खोलें–जिनको न मानने पर ऐसे कल्पनाशील और पेचीदा दण्ड दिये जाते थे कि घर भाग जाने का मन करता।

हर हॉस्टल का अपना-अपना हॉस्टल गीत, हॉस्टल प्रार्थना, हॉस्टल भजन होता है जिन्हें जब सीनियर बंधु लय, ताल सुर के साथ कोरस में गाते हैं तो लगता है कि कानों में पिघला हुआ सीसा उँड़ेल दिया गया हो। इनमें बहुत से यूनिवर्सिटी टॉपर भी होते हैं या आई.ए.एस. आई.पी.एस. में सेलेक्ट हो चुके होते हैं।

पर सबसे खतरनाक, रुलाऊ, हड़काऊ और तिरस्कारपूर्ण रैगिंग अगर कोई करता है तो वे हैं सेकेण्ड ईयर सीनियर्स। रैगिंग के मामले में उनका उत्साह, ऊर्जा और उनकी ढिठाई बेजोड़ होती है। उनके अपने घाव अभी हरे होते हैं, और वे निरीह फ्रेशरों से ऐसे पेश आते हैं जैसे बदला ले रहे हों। संक्षेप में कहें तो इनकी रैगिंग में शुद्ध रूप से टेरर होता है। अगर कभी किसी फ्रेशर ने हॉस्टल की छत से कूदकर या पंखे से लटककर आत्महत्या की है तो इन्हीं सेकेण्ड ईयर सीनियरों के आतंक और अश्लीलता से बचने के लिए।

ऐसा नहीं कि सेकेण्ड ईयर सीनियरों से ऊपर वाले सीनियर कुछ खास नरम हों-असल में सब एक ही थैली के चट्टे-बट्टे होते हैं। पर कुछ सीनियर ऐसे भी होते हैं-और ऐसे सीनियर कमोबेश हर समय में हर छात्रावास में रहे हैं-जो रैगिंग का खुलकर विरोध करते हैं, रैगिंग को एक अभिशाप मानते हैं और इसके विरुद्ध लड़ते हैं। ऐसे सीनियरों की संख्या कम होती है पर ये अपने स्तर से रैगिंग की विभीषिका और इसकी वलगरिटी को कम करते रहे हैं। फ्रेशरों को ऐसे ही सीनियरों की तलाश होती है। ये लोग जिन फ्रेशरों को रैगिंग से बचा ले जाते हैं वे इनके भक्त हो जाते हैं, यों कहें कि कुछ महीनों के लिए इनके दास बन जाते हैं। वे इनके लिए हीटर पर चाय बनाते हैं, इनकी साइकिल साफ़ करते हैं, इनको अपना कोलगेट पेस्ट देते हैं, इनके नोट्स लिखते हैं, इनको पैसा उधार देते हैं और भूल जाते हैं।

कुछ ऐसे भी सीनियर होते हैं जो रैगिंग के खिलाफ़ लड़ते हैं, जूनियरों को बचाते हैं पर बदले में कोई सेवा नहीं लेते हैं। ये नि:स्वार्थ भाव से अपना धर्म निभाते हैं। ऐसे सीनियर जूनियरों से रिस्पेक्ट पाते हैं। ऐसे सीनियरों की छवि मस्तिष्क में बस जाती है। उन्हें कभी भूला नहीं जा सकता। गाहे-बगाहे याद आते रहते हैं। ऐसे सीनियर लाखों में एक होते हैं। बादलों के बीच सूरज की एक किरन जैसे। हॉस्टल की बात चले तो इनके किस्से, इनकी सहृदयता लोग अपने बच्चों और पोते-पोतियों तक को सुनाते हैं। अजय सर ऐसे ही एक सीनियर थे। अजय सर!

मुझे और सुरेन्द्र को पनिशमेण्ट मिली थी। रात की रैगिंग ऐसे भी कमरतोड़ होती है। सीनियर्स फ्री माइण्ड होकर रैग करते हैं। निर्लज्जिता करने से ज़रा भी हिचकिचाये कि भेज दिया लॉन नापने-माचिस की डिबिया से।

कितने माचिस लंबा और कितने माचिस चौड़ा लॉन है, नापिये और फिर दोनों को गुणा करके लॉन का माचिस क्षेत्रफल निकालिये। समय आधा घण्टा। और लॉन भी कोई छोटा नहीं। उस पर तुर्रा यह कि एक भी माचिस कम-ज्यादा हुई कि फिर से भिड़िये। पूर्वजों ने माचिस का नापी रिकॉर्ड रख छोड़ा था और घाघ सीनियरों को एक-दो माचिस की भी ढिलाई पता चल जाती थी। अगर आपने अधिक चतुराई दिखाई और किसी दरियादिल सीनियर से क्षेत्रफल पता करके बिना खेत काटे ही फ़सल लेकर पहुँच गये तो चतुराई दिखाने से बाज़ आइये। तुरंत दूसरे साइज़ की नयी माचिस पानवाले के यहाँ से मँगवाकर आपको थमा दी जायेगी। और एक बंदा कुर्सी निकालकर तकवाही करने बैठ जायेगा। अब नापिये। कीजिए बँधुआ मज़दूरी।

मैं और सुरेन्दर आधी से अधिक बेगारी कर चुके थे कि अजय सर आते हुए दिखाई पड़े। वह धीरे-धीरे हमारी ही ओर आ रहे थे, फ़ुर्सत से कश खींचते हुए।

फ्रेशर्स ?- उन्होंने बड़े मानवीय लहज़े में प्रश्न किया। यद्यपि उन्होंने एक ही शब्द बोला था, उनका अंग्रेजी का उच्चारण अच्छा लगा। स्वर गंभीर एवं सधा हुआ था।

हम लोग रुक गये, फिर खड़े हो गये। विनम्रता से सिर हिलाकर हामी भर दी।

किसने कहा यह सब करने के लिए ? उन्होंने कुछ कड़ाई से पूछा। सुरेन्दर ने कुछ कहना चाहा लेकिन अटक गया।

जोशी ! उन्होंने खुद अनुमान लगाते हुए एक नाम लिया। स्वर और भारी हो गया था।

यस सर, हमारे मुँह से एक साथ निकला।

और कौन-कौन था? मेरा मतलब है कि वहाँ दूसरे कौन-कौन से सीनियर्स हैं? उनकी आवाज़ में सीनियर्स के लिए तिरस्कार और हम दोनों के लिए हमदर्दी का पुट था।

सर, जोशी सर के अलावा चार लोग और थे। मैंने डरते हुए कहा। उम्मीद थी कि अजय सर लॉन नपाई की मुश्किल घड़ी में कुछ और ठण्डक पहुँचाने वाले शब्द बोलेंगे। अजय सर ने निराश नहीं किया।

और किसी ने भी उस सुअर के बच्चे जोशी को यह सब करने से नहीं रोका?

किसी ने भी नहीं सर...बल्कि...। सुरेन्दर रिरियाया।

सुनो, मैं इस हॉस्टल का सीनियरमोस्ट इनमेट हूँ। आई एम लीविंग फ़ॉर न्यू डेलही फ़ॉर माई आई.ए.एस. इण्टरव्यू सून! एनी वे, मैंने जोशी और उन गधों को इस बेहूदा रैगिंग के लिए मना कर दिया था। इस साल से एकदम नहीं। मुझे क्या मालूम कि...अच्छा फेंको माचिस तुम लोग...आओ चलो मेरे साथ...।

अजय सर हम दोनों को अपने कमरे में ले गये और आराम से बैठ जाने के लिए कहा। पर हम खड़े रहे। हम लोग सावधानी बरत रहे थे। जोखिम लेना ठीक नहीं था। इन सीनियर्स का क्या भरोसा। एक ही हाँडी के नहाये होते हैं सब। गलती करवा के दण्ड देने में परम सुख मिलता है इन्हें। आज तक किसी सीनियर के कमरे में कुर्सी या बेड पर बैठे न थे। उन्होंने फिर कहा, पर हिम्मत नहीं पड़ी। वह हँसने लगे-अरे बैठो-बैठो, मैं जोशी नहीं हूँ।

पर सीनियर तो हैं! सोचते हुए हम लोग खड़े ही रहे।

फिर हमारे कंधे पर हाथ रखकर उन्होंने खुद ही बैठा दिया।

उनकी सिगरेट खत्म होने वाली थी। उन्होंने एक लंबा कश खींचा और बची हुई सिगरेट मेरी ओर बढ़ा दी। मैं सकपका गया। यह क्या? अब इसका मैं क्या करूँ? मैं और धुआँ छोड़ती सिगरेट! अजय सर फिर हँसे। बोले, फेंक दो भाई बाहर। पीने के लिए नहीं कह रहे हैं।

उन्होंने दूसरी सिगरेट सुलगा ली। माचिस की तीली को हवा में हिलाते हुए बोले-बस यही एक बुरी आदत है। यह भी सीनियर्स की देन है। बस थोड़ा कॉन्सेन्ट्रेशन के लिए...हाँ तुम लोग बैठो आराम से...यहाँ कोई माई का लाल पर नहीं मार सकता है...मैं चाय बनाता हूँ।

अजय सर का कमरा बहुत ही व्यवस्थित और अनुशासित था। रैगिंग के लिए आज तक जिन-जिन कमरों में जाने का सौभाग्य प्राप्त हुआ था उन सबसे एकदम अलग! दीवारें वॉलपेपरों से सजी हुई थीं। बीच-बीच में पोस्टर लगे थे, पर एक भी भड़कीला न था। अधिकतर साहित्यकारों, कम्युनिस्ट विचारकों एवं ग़ज़ल गायकों के चित्र थे। जोशी का कमरा तो अर्धनग्न एवं पूर्ण नग्न चित्रों से पटा पड़ा था। इसीलिए सुरेन्दर का मन वहाँ अधिक लगता था। कमरे के

लुक से ही अजय सर के रिफ़ाइण्ड टेस्ट और शराफ़त का भान होता था। अपने खादी के कुर्ते, जींस एवं अंग्रेज़ी और हिन्दी पर एक-सी अच्छी पकड़ से वे पूरे इन्टेलेक्चुअल लगते थे। और थे भी।

उन्होंने अपना वाइस चान्सलर मेडल दिखाया, जो इस बात का प्रमाण था कि वे एक मेधावी छात्र रहे थे। उनके टेबल पर हिन्दी और अंग्रेज़ी की मोटी-मोटी पुस्तकें करीने से रखी थीं। कई तरह की पत्रिकाएँ अलग से। उनका पेन स्टैण्ड और टेबललैंप मुझे आज तक याद है। एक दिन पुराना *टाइम्स ऑफ़ इण्डिया* बेड पर पड़ा था–जगह-जगह रेड पेन से अण्डरलाइन किया हुआ। पर जिस चीज़ ने मुझे चौंका दिया वह थी 'सरोज-स्मृति' की दो पंक्तियाँ जो उनके तकिये के निकट दीवार पर पेंसिल से उकेरी गयी थीं–दुःख ही जीवन की कथा रही, क्या कहूँ आज जो नहीं कही...। मैंने अजय सर की ओर गौर से देखा...और फिर उन दो पंक्तियों की ओर...। कुछ अजीब-सा लगा।

चाय तैयार हो चुकी थी। उन्होंने स्वयं कप धोये और हमें चाय दी। चाय की चुस्की के साथ वे जगजीत सिंह का कैसेट बजा रहे थे–धीमे-धीमे। कुछ देर के लिए कहीं खो गये थे अजय सर!...'दोस्त बन-बन के मिले मुझको मिटाने वाले...' लाइन को बार-बार रिवाइण्ड करके सुन रहे थे। हौले-हौले धुएँ के छल्ले छोड़ रहे थे। मुझे लगा कि उन्हें कोई दुःख है, कोई पर्सनल ट्रैजेडी है...। वह पंक्ति उनके अंतरंग को छू रही थी। वह भाव-विभोर...आँखें बंद किये टेबुल के कोने पर धीरे-धीरे थपकी लगाते रहे।

फिर जैसे उनकी तन्द्रा टूटी...उन्होंने जगजीत सिंह और गुलाम अली के कैसेटों का अपना कलेक्शन दिखाया। बोले, इन दोनों के अलावा ग़ज़ल और कोई नहीं गाता। बाकी सब तो गीत गाते हैं। उनके मित्रतापूर्ण व्यवहार से हम भी खुलने लगे थे। हमने पूछा, सर आप फ़िल्मी गानों का कैसेट नहीं रखते? उन्होंने कहा–इलाहाबाद में फ़िल्मों से बचना। यहाँ फ़्री में फ़िल्म दिखाने वाले गली-गली टहलते हैं। अच्छा टेस्ट डेवलप करो। और यह फ़िल्म देखने से नहीं होगा। अच्छा संगीत सुनो। मौका लगे तो नाटक देखने जाओ। थियेटर में। किताबें पढ़ो। यहाँ आये हो तो कुछ करो...कुछ सीखो।

फिर उन्होंने अपनी किताबों का कलेक्शन दिखाया। हिन्दी और अंग्रेज़ी के कई उपन्यास एवं कहानी-संग्रह। जिन पुस्तकों के बारे में सुना भर था उन्हें

आज साक्षात् देख रहे थे। प्रेमचन्द का *गोदान*, धर्मवीर भारती का *गुनाहों का देवता*, टॉल्सटॉय, गोर्की, चेखव की रचनाएँ, डिकेन्स, हार्डी, नायपॉल, मण्टो, बेदी...गालिब के शे'र...सभी थे उनके पास। *गॉन विद द विण्ड* मेरी तरफ़ बढ़ाते हुए बोले-इसे पढ़ो। ऐसी दूसरी किताब नहीं है...क्या स्टोरी है...रेट बटलर और स्कारलेट ओ हारा का क्या कैरेक्टराइज़ेशन किया है लेखिका ने ! उनकी प्रेमचन्द और टॉल्सटॉय के स्टाइल पर बेबाक टिप्पणी मुझे आज भी याद है...उन्होंने फिर कहा, पढ़ा करो...पढ़ने से दृष्टिकोण बनता है...जब आप पढ़ते हैं तो विश्व की महान् आत्माओं से सीधे वार्तालाप करते हैं, उनके संसर्ग में आ जाते हैं। कोर्स की किताबें ही सब कुछ नहीं हैं।

मैं स्वीकार करता हूँ कि किताबों के प्रति मेरी रुचि उसी मीटिंग के बाद हुई। एक ही टेबुल पर तीन-तीन डिक्शनरी मैंने पहली बार देखी थीं।

फिर अजय सर ने अपनी कुछ कविताएँ सुनायीं-प्रेम एवं जीवन के संघर्ष से संबंधित कविताएँ। कविता पढ़ने का उनका अंदाज़ इतना मार्मिक था कि लगने लगा कि उन्होंने बहुत दु:ख झेले हैं। फिर कुछ बहकी-बहकी बातें करने लगे। उन्हें किसी से प्रेम था। पर उसकी शादी हो गयी। उन्होंने कहा कि अब जीवन में कभी शादी नहीं करेंगे...प्रेम बार-बार नहीं होता है। हमें मना किया कि इन सब चक्करों में न पड़ें। कैरियर बनाने का समय है। बहुत मुश्किल से उबर पाये थे वह उस पीड़ा से।

मैं बता नहीं सकता कि मुझे उनके पास बैठना, उनकी बातें सुनना, उनके दु:ख में शरीक होना कितना अच्छा लग रहा था। मुझे उनसे हमदर्दी होने लगी थी। इतना स्मार्ट, बोल्ड और इण्टेलेक्चुअल दिखने वाला व्यक्ति भी अंदर से इतना टूटा हुआ, इतना दु:खी हो सकता है ! उन्होंने बताया कि घर से मनीऑर्डर आना बंद हो गया है। ट्यूशन से सारा काम चलता है। दो बार इण्टरव्यू में पास नहीं हुआ। इसलिए इस बार क्वालीफ़ाई करने के बाद किसी को बताया ही नहीं। दो सालों से घर नहीं गये हैं। कुछ बन जायेंगे तभी घर जायेंगे।

अजय सर ने एक सिगरेट और जला ली थी। सुरेन्दर ने कोने में रखे हीटर पर चाय बनाने की कवायद शुरू कर दी। आधी सिगरेट रह गयी तो उन्होंने सिगरेट वाला हाथ मेरी ओर किया, कहा-लो...पियो...पियो।-मैं चौंक गया... यह क्या...फिर से...। मेरी धड़कन बढ़ गयी। आखिर अजय सर की मंशा क्या

है? थोड़ी ही देर में दूसरी बार उन्होंने सिगरेट ऑफ़र किया था। इस बार तो पीने के लिए साफ़-साफ़ दबाव डाल रहे थे।

सर मैं सिगरेट नहीं पीता। मैंने मुस्कुराते हुए कहा।

क्यों?

क्यों?...उनके 'क्यों' पर मैं अचकचा गया। क्या हो गया है अजय सर को। उनका सिगरेट वाला हाथ अभी भी मेरी ओर था।

मैं समझता हूँ यह एक खराब आदत है। मेरे खानदान में कोई सिगरेट नहीं पीता। मैंने सफ़ाई दी।

बीड़ी मँगाऊँ?

अरे नहीं...न...मैं कुछ भी नहीं पीता। मुझे लगा जैसे उन्होंने मुझे गुदगुदी लगा दी हो।

वाइन? अजय सर ने पूरी गंभीरता से कहा।

अरे...नो सर...नो-नो-नो सर। मैं अपनी जगह से एकदम खड़ा हो गया। सुरेन्दर का चेहरा देखने लायक था।

अच्छा सिगरेट थामो तो...थामो...पकड़ो-पकड़ो...

उन्होंने सिगरेट मेरी उँगलियों के बीच फँसा दी।

देखते हैं तुम क्या करते हो इसका। उन्होंने चुनौती-सी दी। सिगरेट एक चौथाई ही बची थी। मैंने एक नज़र अजय सर पर डाली...और फिर एक नज़र सिगरेट पर। फिर एक झटके के साथ मैंने उसे कमरे से बाहर फेंक दिया।

अजय सर जैसे उछल पड़े...उत्तेजित होकर बोले-वेल डन...वेल डन माई ब्वॉय, वेल डन! इट वाज़ ग्रेट! आई लाइक इट! अगर तुम पी लेते तो मैं तुमसे कभी बात नहीं करता। बल्कि जोशी से कहकर तुम्हारी रैगिंग करवाता। असल में मैं तुम्हारा टेस्ट ले रहा था। जानते हो मैंने यही गलती की थी एक सीनियर के कहने पर, डरकर। और आज तक पछता रहा हूँ...बस एक फूँक जी का जंजाल बन गयी...खैर छोड़ो...कोई भी सीनियर इस तरह की चीज़ें ऑफ़र करे तो साफ़ इनकार कर दो। हाँ ये चाय लो...ठण्डी हो रही है...उधर शेल्फ़ में बिस्कुट हैं निकालो...खाओ...सुरेन्दर को भी दो...सुरेन्दर ने अच्छी चाय बनायी है...क्यों भाई घर से सीखे हुए हो या जोशी ने सिखा दिया...।

अजय सर हँसने लगे। हम दोनों भी हँस पड़े।

अजय सर ने सॉरी बोलते हुए नयी सिगरेट सुलगा ली। कहने लगे, मैं हमेशा से रैगिंग का विरोधी रहा हूँ। पहले की बात और थी। रैगिंग तो अब नये लड़कों को अश्लीलता सिखाने का साधन मात्र है। फिर अपने आदर्श सीनियर्स के कुछ मनोरंजक किस्से उन्होंने सुनाये। कैसे एक सीनियर रोज़ रात अपने कमरे से गायब रहते थे और जब विश्वविद्यालय में टॉप किया तो लोगों ने कहा दाल में कुछ काला है। बाद में पता चला कि दूसरे हॉस्टल में एक मित्र के साथ तैयारी करते थे। आजकल जज हैं। एक दूसरे सीनियर ने जब मेस मैनेजर की निकृष्ट ड्यूटी सँभाली तो पिताजी को टेलीग्राम भेज दिया कि 'मैनेजर' बन गये हैं। अच्छी बचत है। बाद में बैंक में पी.ओ. बन गये। एक सज्जन पैंतीस पूड़ियाँ खाकर एक फ्री पिक्चर की शर्त जीत गये थे। अजय सर के एक अन्य सीनियर ने इकतीस दिसम्बर को कँपकँपाती ठण्ड में रात बारह बजे नंगे होकर लॉन में स्नान किया था। और फिर उसी दशा में तालियों के बीच पूरे छात्रावास के तीन चक्कर लगाये थे। आजकल मुरादाबाद के डी.एम. हैं। एक साहब तो रात में अगर किसी ने दरवाज़े पर दस्तक दी तो कहते थे, आ जाइये, खुला है। और अंदर सब कुछ खोलकर एकदम निर्वस्त्र बैठे रहते थे। एक दिन उनके पिताजी भी नॉक करके अंदर घुस गये। जनाब आजकल मेरठ के एस.एस.पी. हैं।

उन्होंने अफ़सोस जताया कि अब पहले वाली बात नहीं है। अब पढ़ाई नदारद, खाली नंगई बची है। लुच्चों-लफंगों का बोलबाला है। अब तो हर सीनियर-जूनियर दिन के उजाले में ही नंगा नाच करने को उतावला रहता है। जोशी तो कपड़े उतारकर ही पढ़ता है-दिन हो या रात। पढ़ता क्या है, हर समय अश्लील चौपाइयाँ लिखता रहता है। और नंबर देखिये तो शर्म आ जाए। थर्टी सेवन परसेंट। ऐसे लोग आई.ए.एस. आई.पी.एस. कभी नहीं बन सकते।

कुछ देर तक अजय सर सिगरेट का धुआँ छोड़ते बैठे रहे। फिर अचानक बोले, डिक्शनरी खोलो और पूछ लो कोई वर्ड। मेरी हिम्मत न हुई। कहीं अजय सर न बता पाये तो नाराज़ होंगे....सुरेन्दर ने एक कठिन-सा शब्द खोजकर उनकी तरफ़ देखा। उन्होंने हौसला बढ़ाया-पूछो-पूछो। सुरेन्दर ने पूछ और अजय सर ने अर्थ के साथ पर्यायवाची, विलोम शब्द सब बता दिये। फिर वे शांत हो गये। हम लोगों ने अपनी-अपनी पसन्द की एक-एक मैगजीन उठा ली। उन्होंने कहा, ले जाओ। पढ़कर लौटा देना। फिर वे गुनगुनाने लगे। लगा अच्छा

गाते होंगे...'तेरी गलियों में न रखेंगे कदम आज के बाद'...।

ठीक है तुम लोग जाओ–उन्होंने जैसे जागते हुए कहा–डरने की कोई बात नहीं है। अगर कोई इण्ट्रोडक्शन के लिए बुलाये तो मेरा नाम ले लेना। जोशी से कहना कि मैंने किसी सीनियर के कमरे में जाने से मना किया है। कोई परेशान करे तो सीधे कमरा नंबर 131 में आ जाना।

मुझे लगा कि अजय सर से मिलना कितना अच्छा हुआ। मैं मन-ही-मन उस सीनियर को धन्यवाद देने लगा जिसने हमें लॉन नापी के लिए भेजा था, अन्यथा अजय सर हमें कैसे मिलते। मैंने फ़ैसला कर लिया कि सीनियर होकर मैं भी जितना हो सकेगा रैगिंग का भरसक विरोध करूँगा। फ्रेंशर्स को बचाऊँगा। अजय सर की माफ़िक लगभग एक घण्टे की मीटिंग में मुझे बहुत कुछ सीखने को मिला। किताबों एवं लाइट म्यूज़िक के प्रति मेरी रुचि के लिए अगर किसी को श्रेय जाता है तो वह हैं अजय सर।

हम लोग निकलने लगे तो आदत के मुताबिक झुककर शाही सलाम करना चाहा। उन्होंने मना कर दिया। कहा, बिना वजह न झुका करो। अजय सर खुद बाहर तक छोड़ने आये। दूर सामने जोशी खड़ा था। घूर रहा था। लगा हमें कच्चा चबा जायेगा। कचर-कचर...। सुरेन्दर उसकी ओर देखकर मुस्कुराया। जोशी आपे से बाहर हो रहा था लेकिन जैसे ही उसकी नज़र अजय सर पर पड़ी वह तेज़ी से दूसरी ओर मुड़ गया।

पहली बार लगा कि हम लोग फ्री हैं, आज़ाद हैं। कहीं किसी का डर नहीं। जोशी का भी नहीं। हमें अजय सर का वरदहस्त प्राप्त हो गया था। हमारा कोई कुछ नहीं बिगाड़ सकता था।

जब तक मैं अपने कमरे में पहुँचा, अजय सर की एक विशेष छवि मेरे मन में बन चुकी थी। वे निश्चित ही मेरे रोल मॉडल थे। मैं उन्हीं की तरह बनना चाहता था-मेधावी, रैगिंग-विरोधी और दु:खी।

अपने छोटे से छात्रावासी जीवन में पहली बार मैं गुनगुना रहा था, बल्कि यों कहें कि मद्धम-मद्धम स्वर में गा रहा था-'मेरे सपनों की रानी कब'...। गाता जाता था और सोचता जाता था कि वह आये और मुझे धोखा देकर किसी और के साथ चली जाए। ताकि मैं अजय सर की तरह दु:खी हो जाऊँ और अपना दु:ख किसी से बाँटे बिना, उसका खुलासा किये बिना, अपने दु:ख का आनंद

उठाऊँ। पहली बार रैगिंग का बोझ दिलो-दिमाग से जाता रहा। कम-से-कम देर रात की बुलाहटों और फ़जीहतों से निजात तो मिली। जोशी और उसकी गुण्डा मण्डली मेरे और सुरेन्दर के बारे में सपना देखना भूल जाएँ। अजय सर को देखते ही कैसे दुम दबा कर भागा था शौचालय की ओर।

...तभी दरवाज़े पर दस्तक हुई।

मुझे पूरा विश्वास था कि बगल वाले के दरवाज़े पर नॉक हो रही है। पर तुरंत ही अपनी भूल का एहसास हो गया। मैंने मज़ाक में अजय सर के सीनियर का जुमला दुहरा दिया-खुला है, चले आइये।

सुरेन्दर था। कुछ-कुछ डरा हुआ।

जोशी बुला रहा है। वह कुण्ठित स्वर में बोला।

लेकिन क्यों ? तुमने अजय सर का नाम नहीं लिया ?

मैंने लिया, दो बार। लेकिन वह सुअर की औलाद कुछ सुनने को तैयार ही नहीं। कहता है कि स्मार्टी को बुलाओ। अबे तुमको स्मार्टी कह रहा था... साला गुस्साया है। सुरेन्दर भय-युक्त हँसी हँसने लगा।

मुझे सुरेन्दर पर क्रोध आ रहा था। उसका मन जोशी के ही कमरे में लगता है। फ़ोटू देखता रहेगा बस-और कौन-कौन हैं-मैंने खीझते हुए पूछा।

अपने बैच के सारे लड़के। सब लाइन में खड़े हैं...बिना शर्ट के।

हम लोग पहले अजय सर के कमरे की ओर गये। कमरे में ताला लगा था। सोचा-मेस में होंगे। मेस में जाने की सोच ही रहे थे कि ब्लॉक के दूसरे कोने में खड़ा जोशी भौंका-अबे स्मार्टी, ओय चिकने, चल इधर, इधर आ। लँगड़ी दौड़ते हुए आना बे...

मैंने उसको घूरा और दोनों पैरों पर चलकर उसके पास पहुँचा।

चल अन्दर साले। जोशी गरजा।

लेकिन सुनिये सर, जोशी सर...एक मिनट...एक मिनट। अजय सर ने कहा है पढ़ाई करो। अगर कोई भी...।

कौन ? उसने दहाड़ मारी, जैसे सुना ही न हो।

अजय सर। मैंने बिना डरे जवाब दिया।

अजय सर की माँ की ऐसी की तैसी, तू पहले अंदर आ, चल...?

लड़ाई हारते हुए मैंने उसके कमरे में प्रवेश किया। बैच के सारे लड़के

शर्टविहीन काया में नतमस्तक थे। मेरा जोश हिरन हो गया।

शर्ट उतारकर लग जा लाइन में। जोशी ने आदेश दिया।

उस समय कमरे में कई सीनियर थे-हाफ़ पैंट, टी-शर्ट, जींस, कुर्ता, लुंगी पहने हुए...हँसी के फव्वारे छोड़ते हुए...दया और तिरस्कार की मिश्रित दृष्टि हम पर डालते हुए। कोई कुर्सी पर था तो कोई उसके हत्थे पर। कोई टेबुल पर पसरा था तो कुछ लोग बेड पर लेटे-बैठे थे-चाय की चुस्की लेते हुए।

यह हीरो कहता है कि कोई अजय सर हैं जिन्होंने इसको किसी सीनियर के कमरे में जाने से मना किया है। जोशी ने मुझ पर फिकरा कसा। बाकियों ने ज़ोरदार ठहाका लगाया।

किसने कहा? टेबुल की कोर पर बैठे सीनियर ने खिल्ली उड़ाने के अंदाज़ में पूछा।

हैलो मिस्टर, आप फ्रेशर हैं या कुछ और? किसी और ने व्यंग्यबाण छोड़ा। क्रोध तो बहुत आया किंतु मैं अजय सर के आश्वासनों को सोचकर चुप रहा। ले लो जी भर के रैगिंग...बस आज ही न...कल से देखेंगे।

पर तभी जैसे मेरे अवचेतन में कुछ सरसराया। कुछ ठनका। इस सीनियर की आवाज़ कुछ जानी-पहचानी लगी...यस...यस...मैंने यह आवाज़ सुनी है... श्योर...अच्छी तरह सुनी है...बड़ी देर तक...बस आधा घण्टा पहले। अजय सर? क्या यह अजय सर का स्वर है।...क्या उन्होंने व्यंग्यबाण छोड़ा है?

मैं चकरा गया...कुछ क्षणों के लिए विवेकहीन हो गया। उस समय की मन:स्थिति का वर्णन करने के लिए मेरे पास शब्द नहीं हैं...। जोशी के कमरे में अजय सर की उपस्थिति की संभावना मात्र से मेरी नसों में खून की रफ़्तार तेज़ हो गयी, दिल की धड़कनें हिलोरें लेने लगीं...क्या चक्कर है भाई...पूरा घनचक्कर। अजय सर यहाँ, रैगिंग सेशन में?

मैंने कनखियों से उस ओर देखा जिधर से 'हैलो मिस्टर' की आवाज़ आई थी। सच मानिये, मेरे होश फ़ाख्ता हो गये। एक झुरझुरी सी दौड़ गयी मेरे शरीर में। एक विचित्र अनिश्चितता से मैं भर गया...। लबालब...। मेरी आत्मा शरीर छोड़ते-छोड़ते रुकी। मुझे अपनी आँखों पर विश्वास नहीं हुआ। बिलकुल नहीं। आज इतने वर्षों बाद भी नहीं होता। अजय सर बड़े आराम से बेड पर पैर फैलाये लेटे हुए थे। उनका सिर जोशी के सीने पर था और उनके पेट के निचले

हिस्से पर तकिया रखा हुआ था। उन्होंने अपने हाथों की उँगलियों से तकिये पर सूर्यासन की मुद्रा बना रखी थी। अजय सर यहाँ क्या कर रहे हैं? यह नहीं हो सकता। कदापि नहीं। फिर मैंने सोचा कि शायद जोशी ने उन्हे बहला-फुसला कर बस मूड फ्रेश करने के लिए बुला लिया होगा। कोई बात नहीं, अजय सर मुझे तो पहचानते ही हैं, जोशी की हिम्मत है कि आगे और कुछ करे।

मैंने फिर से देखा। अद्भुत दृश्य था। दोनों एक ही सिगरेट को बारी-बारी से पी रहे थे। अजय सर सबसे वरिष्ठ छात्रावासी और ये जोशी? बस साल भर पुराना पिल्ला...। जहाँ सीनियॉरिटी-जूनियॉरिटी को इतना महत्त्व दिया जाता हो, दोनों इस तरह टाँग फँसाकर कैसे लेट सकते हैं।

सर, आप अजय सर हैं ना? मेरे मुँह से सहसा निकल पड़ा।

कौन, मैं? उनकी आवाज़ में एक अजीब-सा बेगानापन था। टोन बिलकुल रूखी थी।

यस सर, आप। मैंने सावधानी से उन्हें एक बार फिर देखा। वे वाकई अजय सर ही थे।

अबे तू मेरे बारे में पूछ रहा है? वे तकिया सँभालते हुए उठ बैठे। चेहरा गुस्से से तमतमाने लगा था।

यस...सर। उनके चेहरे का बदला हुआ रंग देखकर मैं लुढ़क गया। फिर सँभला।

आपने आज ही तो कुछ देर पहले अपने कमरे में बुलाकर हमसे बात की थी...।

अबे गधे, गधे की औलाद, मैंने तुमसे की थी? कब बे? क्या मैंने कभी किसी पिद्दी जूनियर से बात की है, वह भी अपने कमरे में बुलाकर। अबे चिकने, मेरे कमरे में घुसने का टिकट लगता है। और ध्यान रख, मेरे कमरे में लौंडे नहीं जाते हैं। अगर जाते हैं तो मैं छोड़ता नहीं। मैंने तेरे साथ कुछ किया क्या?

अजय सर बड़ी ही कुटिलता से मुझे घूरे जा रहे थे। गुस्से से उनके होंठ थरथरा रहे थे।

उस आदमी के निष्ठुर व्यवहार ने मुझे नर्वस कर दिया। सब कुछ बड़ा ही उलझाने वाला था। एकदम रहस्यमयी...। समझ में नहीं आ रहा था क्या करूँ।

वह दूसरी सिगरेट सुलगा रहे थे और जोशी उनकी मदद कर रहा था। उससे पहले कभी ऐसी स्थिति और ऐसे चरित्र से भेंट नहीं हुई थी। आखिर यह आदमी ऐसा कैसे कर सकता है? सोचा, कह दूँ-नाटक मत करो, सीनियर हो, सीनियर की तरह पेश आओ। लेकिन यह मुमकिन नहीं था। जूनियर्स की मजाल नहीं कि सीनियर्स से अशिष्टता करें, उनके मुँह लगें। मेरी हिम्मत जवाब दे गयी।

जोशी ने अपनी सुराहीदार गर्दन ऊपर उठाई और ज़ोर से हड़काया-स्मार्टी तीसरी बटन देख। ज्यादा चखचख नहीं।

मैंने जोशी की परवाह नहीं की। मैं अजय सर को टकटकी बाँधे देखे जा रहा था।

लेकिन सर, आप अजय सर हैं ना? मैंने कुछ देर बाद फिर पूछा।

नो, मैं पूरे जीवन में कभी अजय नहीं रहा। बेटे, तुमने किसी और को देखा होगा।

उनके सीधे-सपाट उत्तर से मैं चुप हो गया। एक बार मैंने उनकी ओर फिर देखा, आँखों पर ज़ोर डालते हुए। कहीं कोई शक की गुंजाइश नहीं थी। यह सीनियर झूठ बोल रहा है। यह सब इसकी एक्टिंग है। यह वही है जिसने कुछ देर पहले मुझे चाय पिलाई थी...। कितनी अच्छी तरह बातें की थीं। झूठा... बहरूपिया...। दोगला...।

अच्छा एक गाना सुनाओ। अजय सर ने कहा। एक घण्टे पहले वाली शराफ़त का नामोनिशान नहीं था।

सर, सॉरी, मैं गाना नहीं जानता। मुझसे गाना निकलता ही नहीं।

अच्छा खखारो। अमिताभ की आवाज़ में या रफ़ी साहब की आवाज़ में खखारो तो।

मैंने कोशिश की लेकिन खखार नहीं निकली। सभी हँसने लगे।

आई एम श्योर, आप अजय सर ही हैं। मैंने फिर रट लगायी।

कैसे!

आपका चेहरा, आपकी आवाज़, आपकी ड्रेस, सब कुछ तो वही है, सर। मेरा फ्रेंड भी आपके कमरे में मेरे साथ था। वह भी आपको पहचानता है।

तुम्हारा फ्रेंड कौन है, बेबी?

सुरेन्दर शर्मा।

क्या उसने मुझे कुछ ऐसा-वैसा करते हुए देखा?

नो सर, आई मीन...नो। मुझे उनकी बात पर हँसी आ गयी।

भो...। उसने देखा या नहीं? हिन्दी में बोल-अजय सर ने गाली बकी। उनकी आँखों में खून तैरने लगा।

नो सर, नहीं देखा। मैंने धीरे से कहा।

इसका अर्थ है सुरेन्दर वहाँ नहीं था। अजय सर ने सिद्ध कर दिया।

लेकिन आप अजय सर हैं। मैंने दुहराया।

अरे वह ब्लडी सुरेन्दर कहाँ है? अजय सर चिल्लाये। वे वाकई में खूँखार लग रहे थे।

मैंने सुरेन्दर शर्मा की ओर इशारा किया।

हे मिस्टर, क्या तुम इस मौलवी के साथ मेरे कमरे में थे?

सुरेन्दर कुछ बुदबुदाया जो मेरी समझ में नहीं आया, पर अजय सर ने मान लिया कि वह हाँ कह रहा है।

तो तुम वहाँ थे?

सुरेन्दर की ठोढ़ी में कुछ हरकत हुई।

अबे पिस्सू, खटमल, तू श्योर है कि तू वहाँ था? अजय सर ने आँखें तरेरते हुए पूछा। सुरेन्दर ने जल्दी से नकार में सिर हिला दिया।

नहीं, नहीं, तुम थे। अजय सर ने ज़ोर डाला। सुरेन्दर चुपचाप खड़ा रहा। अजय सर ने अपनी सिगरेट उसकी ओर दिखाते हुए कहा-पियोगे? इससे पहले कि सुरेन्दर कुछ बोलता, अजय सर ने जोशी से कहा-इस ब्राह्मण-पुत्र को जरा ये सिगरेट तो पिलाओ। इसको सब याद आ जायेगा।

जोशी ने ज़बरदस्ती सिगरेट सुरेन्दर के होंठों से लगा दी, फिर चिल्लाया, खींचो! अजय सर ने कहा-अगर नहीं पीता है तो पैंट उतार दो साले की।

सुरेन्दर ने घबराकर एक कश अन्दर लिया और बेतहाशा खाँसने लगा। वह भय से सिकुड़ गया। गर्दन नीची करके अपने अँगूठे को घूरने लगा।

आपका नाम क्या है, सर? मैंने विचलित होते हुए पूछा! मुझे धीरे-धीरे अपने ऊपर संदेह होने लगा था।

मेरा?

हाँ सर, मैं नहीं जानता कि मुझे क्या हो गया है?

क्या हो गया है?

मैं कऩफ़्यूज्ड हूँ। इक्सक्यूज़ मी सर।

ब्रदर तुम ठीक कहते हो, जूनियर्स हमेशा ही कऩफ़्यूज्ड रहते हैं।

लेकिन...सर...मैं...।

तुम क्या जानना चाहते हो, जूनियर?

आपका नाम सर, और कुछ नहीं।

तो सुनो, मेरा नाम अजय सिंह है। मैं यहाँ के सभी सीनियर्स का बाप हूँ। मुझसे सभी की फटती है। थोड़ी देर पहले तुम और सुरेन्दर मेरे कमरे में गये थे। शुकर मनाओ कि तुम लोग अभी भी कुँआरे हो...। और सुनो, वह चाय फ्री की नहीं थी। बारह-बारह आने निकाल कर रख दो। और उस मैगज़ीन का किराया अलग से।

दूसरे फ्रेशर्स मुस्कुराने लगे। अजय सर ने उन्हें छलनी कर देने वाली नज़र से देखा और गुरयि-सालों एक साथ सबकी चड्डियाँ लाल कर दूँगा और दफ़ा हो जाऊँगा। ढूँढ़ते फिरोगे।...खीसें मत निपोरो...।

सारे लड़के तीसरी बटन देखने लगे। फिर वह मेरी ओर पलटे-मेरी जान, और कुछ?

बिना किसी लाग-लपेट के अजय सर ने अपना इन्ट्रोडक्शन दे दिया था। वह लगातार दुष्टता के साथ मेरी ओर देखे जा रहे थे कि अगर मैं और कुछ पूछना चाहता हूँ तो पूछ लूँ। मैंने अपने गाल पर दो चाँटे लगाये-चट, चट, और तीसरी बटन देखने लगा।

सारे सीनियर अट्टहास कर रहे थे। गज़ब की चमक और जान थी उनकी राक्षसी हँसी में। अजय सर ने नयी सिगरेट जला ली थी। जोशी रंगदारों की तरह घूमता हुआ हमारे नज़दीक आया और अपनी खुर्राट आवाज़ में बोला, मच्छरों, तुम लोग कल से यूनिवर्सिटी में कक्षाएँ करने जा रहे हो। हॉस्टल की परम्परा के अनुसार पढ़ाई शुरू करने से पहले तुम लोगों को छात्रावास के सबसे वरिष्ठ सीनियर से आशीर्वाद ग्रहण करना है। जैसा कि तुम लोगों को पता है, हमारे बीच विराजमान हैं, यहाँ इधर, बेड पर, अपने माँ-बाप की इकलौती निकम्मी संतान श्री अजय सिंह जी महाराज। तुम्हें एक-एक करके आना है और यहाँ इस तकिये पर कम-से-कम एक रुपये और अधिक से अधिक दो रुपये का चढ़ावा

चढ़ाना है। यदि प्रसन्न हुए तो महाराज आशीर्वाद दे देंगे। समझे।

हम अच्छी तरह समझ गये थे। सुरेन्दर बायीं ओर से पहला दर्शनार्थी था। जोशी मंत्रोच्चारण जैसा कुछ करते हुए अजय सर के पास खड़ा था। अजय सर आँखें खोले लेटे हुए थे-मंत्रमुग्ध। जोशी ने हमें सावधान किया-रेडी, तैयार हो जाओ। पहले सुरेन्दर, फिर अमरेन्दर...फिर तेजेन्दर...फिर...पहले तुम लोग यहाँ देखो, यहाँ तकिये के पास। अजय सर आराम से लेटे थे...एकदम नि:स्तब्ध...शांतचित्त। जोशी ने मंत्र पढ़ते हुए हाथ बढ़ाकर तकिये को एक ओर सरका दिया। हमने देखा...। पहले तो हम कुछ समझ नहीं सके, फिर जैसे हमें करंट लग गया। लगभग एक साथ हमारी गर्दनें दूसरी दिशा में मुड़ गयीं। हम सभी ही-ही-ही-करने लगे। हँसी रोकने से न रुकती थी। अजय सर पेट के नीचे पूरी तरह नंगे थे। एकदम नंगे। वे अभी भी उसी तरह लेटे थे— निर्विकार...निश्चल...भावशून्य...!

जोशी ने सुरेन्दर की ओर इशारा किया-बढ़ो। सुरेन्दर चढ़ावा लेकर शर्माते-सकुचाते गर्दन मोड़े हुए आगे बढ़ा। जोशी ने चेताया कि ऐसे आशीर्वाद नहीं मिलेगा। दर्शनार्थी भक्तिभाव से आगे बढ़ें। सुरेन्दर ने गर्दन सीधी की और आदरभाव से एक रुपये की रेजगारी पेट पर रख दी। जोशी चिल्लाया—और नीचे! सुरेन्दर ने सिक्के को नीचे सरका दिया।

हम सभी मुँह पर हाथ रखकर अपनी-अपनी हँसी रोकने का प्रयास कर रहे थे।

अजय सर ने अपना दाहिना हाथ एवमस्तु की मुद्रा में ऊपर उठाया और उनके मुँह से आशीर्वचन झर-झर बहने लगे—

जाओ पुत्र जाओ, कल से विश्वविद्यालय जाओ। आशिकी में नाम कमाओ। माँ-बाप की गाढ़ी कमाई पानी में बहाओ। फिर लौट आओ। फिर बाथरूम जाओ, शौचालय जाओ, इधर जाओ, उधर जाओ, फिर आ जाओ। खाओ, पढ़ो, सोओ, फिर उठ जाओ। फिर विश्वविद्यालय जाओ। रोज़-रोज़ जाओ। फिर आ जाओ। कटरा जाओ, कर्नलगंज जाओ, हाथी पार्क जाओ, कम्पनी बाग जाओ। आते-जाते रेलिंग से लटके चेहरों और सूखते कपड़ों को धड़ल्ले से देखते जाओ। फिर मुँह लटकाये लौट आओ। अखबारों और पत्रिकाओं को *गीता* और *कुरान* की तरह पढ़ते जाओ, फिर एक कोने में उन्हें

सजाकर रख दो। और खाना खाने मेस में जाओ। देर रात तक जागो, किताबों को भी जगाओ। उन्हें चाटो। और फिर सो जाओ। फिर उठो, इधर-उधर जाओ। घण्टे दो घण्टे चाय की दुकान पर बिताओ। फिर आ जाओ। आकर पढ़ने बैठ जाओ। घण्टों किसी को मुँह न दिखाओ। फिर शौचालय जाओ। फिर आ जाओ। कभी-कभार पुस्तकालय जाओ। वहाँ पढ़ने वालों को देखो-दाखो, फिर लौट आओ। आते-जाते खोते जाओ। खोते-खोते रोते जाओ। रोते-रोते नंगे हो जाओ। जाओ पुत्र, जाओ। खोने-रोने और नंगे होने की तैयारी में लग जाओ। जाओ।

अजय सर चुप हो गये। हमारी हँसी रुक गयी थी। कमरे में सभी लोग चुप थे। सुरेन्दर वापस लाइन में आ गया। जोशी ने फिर से तकिया अजय सर के पेट पर रखना चाहा पर उन्होंने मना कर दिया। फिर वे खड़े हो गये। कुर्ता उतारने की मुद्रा में आते हुए बोले-भाइयों क्षमा करना...अब मैं पूरा नंगा होना चाहता हूँ। इसके बाद मैं आप लोगों को नंगा नाच दिखाऊँगा।

उन्होंने कुर्ता उतारकर फेंक दिया। एकदम वस्त्रविहीन हो गये अजय सर। सभी सन्न थे। शायद सोच रहे थे कि अजय सर नाहक ही सीमा से बाहर जा रहे हैं। वहाँ तक तो ठीक था। पर अब ये नंगा नाच! अजय सर नाचने लगे थे। वे झूम-झूम कर, घूम-घूम कर नाच रहे थे। मस्ती से नाचे जा रहे थे। नंगई उन पर खूब फब रही थी। हम दीवारों से चिपक गये। पर वह कमरा छोटा पड़ रहा था। नंगा नाच के लिए तो कतई छोटा। वे नाचते-नाचते दरवाज़े से बाहर निकलने लगे। फिर वे कॉरीडोर में नंगा नाच करने लगे। वहाँ अधिक जगह थी। वह झूम-झूम कर नाचे जा रहे थे। थोड़ी ही देर में उनके नंगा नाच को देखने के लिए छात्रावासियों की भीड़ इकट्ठा हो गयी। तालियों की लय पर वे नाचते रहे। इतना नाचे कि उनका नंगा पन जाता रहा। वे एक नचनिया लगने लगे। कोई उनके नंगेपन को नहीं देख रहा था। सब उनके नाच में मगन थे। सबको अच्छा लग रहा था उनका नाच। मुझे और सुरेन्दर को भी।

षड्यंत्र

मिस्टर और मिसेज़ गोयल निर्धारित समय से काफ़ी पहले ही न्यू क्रिसेण्ट स्कूल पहुँच गये थे। आज बेटे वरुण के दाखिले के लिए इंटरव्यू था। यों तो गोयल दम्पति ने बच्चे के साथ अच्छी मेहनत की थी और उन्हें पूरा विश्वास था कि वरुण पास हो जायेगा। फिर भी मिसेज़ गोयल कुछ नर्वस लग रही थीं। मिस्टर गोयल ने दफ़्तर से दो दिन की छुट्टी ले रखी थी ताकि बेटे के इंटरव्यू की तैयारी और उसके बाद एडमीशन की सारी औपचारिकताएँ पूरी करने तथा कॉपी, किताब, ड्रेस आदि खरीदने में पत्नी का हाथ बँटा सकें। सरकारी महकमे के नौकरों के सामने बच्चों का दाखिला एक टेढ़ी खीर होती है। सरकार ने जब चाहा ट्रांसफ़र का फ़रमान जारी कर दिया और स्कूल वाले हैं कि सत्र के बीच में घास नहीं डालते।

गोयल दम्पति की समस्या दरअसल कुछ अलग थी। ट्रांसफ़र से पहले वरुण जिस स्कूल में पढ़ता था वहाँ के प्रिंसिपल ने वरुण को क्लास वन से सीधे क्लास थ्री में प्रवेश देने की बात मान ली थी। यों कहें कि गोयल दम्पति ने उन्हें मना लिया था। ऐसे समय में जबकि माता-पिता बच्चे के जन्म लेते ही प्राइवेट ट्यूटर तलाशना शुरू कर देते हैं, मिस्टर और मिसेज़ गोयल ने नन्हे वरुण के लिए कभी ट्यूशन या कोचिंग के बारे में सोचा भी नहीं। अपर के.जी. तक तो मिसेज़ गोयल सभी विषय स्वयं ही देख लेती थीं। लेकिन वरुण के क्लास वन में पहुँचते ही मिस्टर गोयल ने मित्रों के साथ शाम की रेगुलर बैठकी बंद कर दी और बच्चे को पूरा समय देने लगे। मैथ्स, साइंस और जनरल नॉलेज वे स्वयं देखते थे जबकि बाकी के विषय मिसेज़ गोयल के हिस्से में थे। दोनों की मेहनत रंग लाई और बेटा अपनी कक्षा में प्रथम आने लगा। फ़ाइनल परीक्षा में तो उसने

सभी सेक्शंस मिलाकर टॉप किया। वरुण को कुल अट्ठानवे प्रतिशत अंक मिले। मिसेज़ गोयल को लगा कि यदि गर्मी की छुट्टियों में वरुण कुछ अतिरिक्त पढ़ाई कर ले तो वह एक क्लास जम्प कर सकता है। एक वर्ष और फ़ीस के पैसे की बचत के साथ पड़ोसियों और सगे-संबंधियों के बीच रौब भी जमेगा।

मिसेज़ गोयल ने सालाना माइके-गमन कैंसल कर दिया और मिस्टर गोयल ने तीन साल बाद मिलने वाले सरकारी भ्रमण-भत्ते की बलि चढ़ा दी। वरुण ने भी खूब सहयोग किया। मनोनुकूल फल मिला। प्रिंसिपल साहब ने स्वयं टेस्ट लेकर वरुण को क्लास थ्री के लिए फ़िट घोषित कर दिया। पर तभी मिस्टर गोयल का ट्रांसफ़र हो गया। गाज़ियाबाद के तमाम प्रतिष्ठित स्कूलों ने सेशन के बीच में एडमीशन देने से साफ़ मना कर दिया। जिन एक-दो स्कूलों में सीटें थीं, उन्होंने भी एक क्लास बढ़ाकर प्रवेश देने से गुरेज किया।

बहुत दौड़-धूप करने के बाद न्यू क्रिसेंट स्कूल के प्रिंसिपल मिस्टर शर्मा वरुण को चान्स देने के लिए राज़ी हुए, लेकिन पहले इण्टरव्यू। प्रिंसिपल ऑफ़िस के बाहर सोफ़े पर बैठे गोयल दम्पति अपने बुलाये जाने की प्रतीक्षा कर रहे थे। वरुण के चेहरे से साफ़ था वह इस आसन्न टेस्ट को अपने माता-पिता की सी गंभीरता से नहीं ले रहा था। मिसेज़ गोयल उसे जितना अनुशासित करने की चेष्टा करतीं, वह उतना ही उछल-कूद मचाता। कभी प्रिंसिपल ऑफ़िस के पर्दे से अंदर झाँकने की कोशिश करता तो कभी बुलेटिन बोर्ड को छूता। मिसेज़ गोयल सामान्य ज्ञान की किताब खोलकर प्रश्न पर-प्रश्न पूछे जा रही थीं, लेकिन वरुण था कि बस खेलने में मगन...।

वरुण! मिसेज़ गोयल ने सख़्ती बरती।

जी मम्मी! वरुण ने माँ की तरफ़ बिना देखे ही जवाब दिया। वह सामने दीवाल पर बनी चित्रकारी को देखने में लीन था।

वरुण, चलो यहाँ आओ, इधर बेटे...हाँ बोलो...भारत के उपराष्ट्रपति का नाम क्या है? मिसेज़ गोयल ने बच्चे की ओर तेज़ डग भरते हुए पूछा।

वे वरुण को कंधे से पकड़कर लगभग धकेलते हुए सोफ़े तक ले आयीं।

देखो वरुण, जल्दी-जल्दी मेरे सवालों का जवाब दो...हाँ...सुनो,

भारत का नैशलन गेम क्या है? जर्मनी की राजधानी...।

मम्मी तंग मत करो...मुझे सब आता है। मम्मी मुझे पेंटिंग देखने दो ना।

वरुण ने मचलते हुए कहा।

देखिए जी, ये शैतान आज कुछ करेगा। आप ही पूछिये इससे। मिसेज़ गोयल ने पति से शिकायती लहज़े में कहा।

इससे पहले कि मिस्टर गोयल कुछ कहते, नन्हे वरुण ने एक नन्हा-सा धमाका किया।

पर पापा, मुझे क्लास थ्री में नहीं पढ़ना है। मैंने अभी-अभी देखा है, उसमें सभी बच्चे मुझसे बड़े हैं...उनका बैग भी बड़ा है...मुझे नहीं पढ़ना थ्री में...।

क्या...? मिसेज़ गोयल चौंकीं।

पागल हो गये हो वरुण। मिस्टर गोयल ने गुस्सा दिखाया।

वरुण हँसने लगा।

पापा मैं तो झूठ बोल रहा था। वह उछल कर अपने पिता की गोद में बैठ गया। जैसे ही चपरासी ने अंदर जाने के लिए इशारा किया, मिसेज़ गोयल ने आनन-फ़ानन में अपनी साड़ी ठीक की, वरुण के बालों में अपनी उँगलियों से कंघी की और उसके शर्ट की सिकुड़न को सहलाते हुए खड़ी हो गयीं।

प्रिंसिपल शर्मा ने वरुण पर एक सरसरी दृष्टि डालते हुए गोयल दम्पति को बैठने का इशारा किया। फिर उन्होंने वरुण को अपने पास बुलाया। बड़े ध्यानपूर्वक उसे ऊपर से नीचे तक देखते हुए बोले-गोयल साहब, यह बच्चा तो छोटा है, इसे जम्प क्यों कराना चाहते हैं आप? देखिए, शारीरिक...।

इससे पेशतर कि प्रिंसिपल साहब अपना वाक्य पूरा कर पाते, मिसेज़ गोयल ने बड़ी शालीनता से हस्तक्षेप किया।

सर, यह छोटा दिखता है, पर है नहीं...सात का हो गया है। बहुत ब्रिलियेण्ट है...मेहनती भी...क्लास टू तो हमने इसे गर्मी की छुट्टियों में ही पूरा करा दिया है। इसके नंबर सुनेंगे तो हैरान रह जायेंगे। सर यह...।

देखिए मैडम, बात नंबर की नहीं है बल्कि...।

सर, हम पूरी ज़िम्मेदारी लेते हैं। दो महीने में ही यह क्लास थ्री में फ़र्स्ट न आया तो आप...। आप टेस्ट लीजिए सर...कुछ भी पूछ लीजिए...।

प्रिंसिपल शर्मा कुछ सोचने लगे। फिर उन्होंने वरुण से एक के बाद एक कई प्रश्न पूछ डाले। वरुण ने सभी प्रश्नों के सही जवाब दिये। प्रिंसिपल साहब के चेहरे से ऐसा लगा कि वह काफ़ी प्रभावित हैं। अपनी ऐनक आँखों से

उतारकर टेबुल पर रखते हुए बोले—

ठीक है, पर क्लास थ्री आसान नहीं होगी। बच्चे के साथ आप दोनों को भी....।

क्यों नहीं सर, आप मेहरबानी करके दाख़िला दे दीजिए, फिर देखिए। हमारी ओर से कोई कमी नहीं होगी। हम दोनों ही उसे पढ़ाते हैं। सुबह मैं, शाम को ऑफ़िस से आने के बाद ये। हम पूरा ज़ोर लगा देंगे सर। मिसेज़ गोयल के चेहरे पर विश्वास और संतोष के भाव साफ़ थे।

ठीक है, लीजिए। प्रिंसिपल साहब ने सामने रखे फ़ार्म पर साइन करते हुए मिस्टर गोयल की ओर सरका दिया। जाइए फ़ीस जमा करिये और कल से ही बच्चे को स्कूल भेजिये।

मिसेज़ गोयल फुसफुसायीं–बेटा जाओ, सर को नमस्ते करो। देखो सर ने तुम्हारा एडमीशन कर लिया। जाओ...।

नमस्ते। वरुण ने आगे बढ़ते हुए दोनों हाथ जोड़ दिए।

नमस्ते बेटा। प्रिंसिपल शर्मा ने वरुण के सिर पर हाथ फेरते हुए कहा और फिर उसे अपने और पास खींचते हुए बोले–

वरुण, बड़े होकर आप क्या बनेंगे ?

प्रश्न सुनकर वरुण कुछ सकपका–सा गया। फिर उसने अपनी मम्मी की ओर इठलाते हुए देखा। मम्मी ने पुचकारा–बोलो बेटा। सर क्या पूछ रहे हैं, जवाब दो। बड़े होकर क्या बनोगे, बोलो।

वरुण ने अधूरी हँसी हँसते हुए अपने पिता की ओर देखा। मिस्टर गोयल ने भौंहों को सिकोड़ते हुए अपनी गर्दन हिलाई, जिसका अर्थ था–बोलो बेटा बोलो, डरो नहीं।

वरुण ने फिर से मम्मी की ओर देखा जो अपने दाहिने हाथ को हवाई जहाज़ के टेक ऑफ़ करने की मुद्रा में नीचे से ऊपर की ओर ले जा रही थीं...। वरुण ने फिर से प्रिंसिपल शर्मा की तरफ़ देखा। मुस्कुराते हुए उन्होंने अपना प्रश्न दोहरा दिया।

बढ़ई! वरुण ने एकदम से कहा।

बढ़ई!

मिसेज़ गोयल को जैसे करेण्ट लग गया। उनके मुँह से एक हल्की–सी

चीख निकल गई। एक दबी हुई चीत्कार। फिर वह खिलखिला उठीं। एक बनावटी खिलखिलाहट। उनका चेहरा खिसियाहट से लाल हो गया। मिस्टर गोयल के चेहरे पर एक असहाय-सी हँसी उभर आयी। प्रिंसिपल शर्मा भी हँसने लगे थे। उनकी हँसी में उपहासमिश्रित आश्चर्य था।

गुड, यू मीन कारपेण्टर। लेकिन क्यों डियर?

उन्होंने उसे और पास खींचते हुए पूछा।

वरुण ने टेबुल पर रखे पेन स्टैण्ड को छूते हुए कहा-क्योंकि कारपेण्टर अंकल मुझको अच्छे लगते हैं। मैं उनकी तरह खिलौना बनाऊँगा...घोड़ा बनाऊँगा...बैट बनाऊँगा...पहिया और कुर्सी बनाऊँगा...और घर बनाऊँगा ...लकड़ी का...।

प्रिंसिपल शर्मा के चेहरे की भावभंगिमा को गोयल दम्पति अपने स्वयं के मनोभावों के अनुसार पढ़ रहे थे। उन्हें लगा कि प्रिंसिपल साहब वरुण को हीन दृष्टि से देख रहे हैं। मिसेज़ गोयल ने स्थिति को सँभालने की कोशिश की।

सर, एक्चुअली यह तकनीकी चीज़ों में बहुत रुचि लेता है, इसीलिए ऐसा कह रहा है। वैसे हमारा वरुण पायलट बनना चाहता है...है ना बेटे? उन्होंने आँचल से अपने माथे का पसीना पोंछा।

मिस्टर गोयल ने झेंपते हुए अपनी पत्नी के स्पष्टीकरण को और आगे बढ़ाया-सर, बात यह है कि इसका इन्टेरेस्ट मशीन और इलेक्ट्रोनिक्स में बहुत अधिक है। यह हमेशा चीज़ों को तोड़ता-बनाता रहता है। इसके पास अपना टूल किट है। ऐरोप्लेन का तो दीवाना है। इसे हेलीकॉप्टर और हवाई जहाज़ में अंतर मालूम है। यहाँ तक कि रॉकेट...।

मिसेज़ गोयल के सपनों का महल हिलने लगा था। पति को काटते हुए बोलीं-सर, हम तो पहली बार बढ़ई या कारपेण्टर शब्द इसके मुँह से सुन रहे हैं। पता नहीं क्या हो गया है इसे।

वे रुआँसी हो गयीं। स्थिति की नज़ाकत को भाँपते हुए प्रिंसिपल शर्मा ने बात सँभाली-नहीं, मिसेज़ गोयल, आपका बच्चा बहुत तेज़ है। इसीलिए तो मैंने एक क्लास बढ़ाकर ले लिया। बच्चों के बोलने को बहुत गंभीरता से न लें। यह बच्चा जीवन में बहुत आगे जायेगा। बस ध्यान रखिए कि खूब पढ़े और अच्छे बच्चों के साथ रहे। हो सकता है...आजकल यह किसी ऐसे...। प्रिंसिपल साहब

ने अपनी बात पूरी नहीं की।

घर लौटते हुए गोयल दम्पति ने वरुण के लिए नयी किताबें, कॉपियाँ, स्कूल बैग, ड्रेस आदि की खरीददारी पूरी की। वरुण ने अपनी मनपसंद टॉफ़ी की ज़िद की तो मिस्टर गोयल ने झिड़की लगायी-कोई टॉफ़ी-वाफ़ी नहीं। प्रिंसिपल साहब के सामने तुमने क्यों कहा कि तुम बढ़ई बनोगे? तुम अच्छे बच्चे नहीं हो, वरुण!

वरुण ने चुप्पी साध ली। मिसेज़ गोयल ने टॉफ़ियाँ खरीदीं और वरुण की ओर बढ़ाते हुए कहा-लो, ध्यान रखो, वरुण, अब कभी भी ऐसी बात न करना। फिर वह कुछ नरम होते हुए बोलीं-तुम्हें पायलट बनना है या फिर इंजीनियर। जब भी कोई पूछे तो यही कहोगे, हाँ...। एक बात और बेटा, बढ़ई मिस्त्री की झोंपड़ी की तरफ़ मत जाना। वह गंदा आदमी है।...है ना।

वरुण का ध्यान माँ की बातों पर नहीं था। वह मज़े से टॉफ़ियाँ खा रहा था।

गोयल दम्पति शहर के भीड़-भाड़ वाले इलाके से बाहर आ चुके थे। स्कूटर चला रहे अपने पति से सामान्यत: मिसेज़ गोयल बातचीत कम ही करती थीं। लेकिन उन्हें एक बात लगातार साल रही थी। मिस्टर गोयल भी अशांत थे। वरुण के अप्रत्याशित उत्तर ने दोनों को ही बेचैन कर दिया था। मिसेज़ गोयल ने अपने शरीर को थोड़ा आगे की ओर झुकाया और सोचते हुए बोलीं-आखिर ऐसा क्यों कहा इसने? क्यों निकला इसके मुँह से यह शब्द।

मिस्टर गोयल ने पत्नी को सुना पर वे कुछ बोले नहीं। अपने विचारों में खोये रहे। स्कूटर चलाते रहे। सोचते जा रहे थे आखिर कहाँ चूक हो गयी।

वरुण ने पिछले कई मिनटों में कोई बात नहीं की थी। वह अपने मम्मी-पापा के बीच में फँसा बैठा था और उसका सिर मिस्टर गोयल की पीठ को छू रहा था। फिर उसने अपने सिर को पीठ पर टिका दिया। कुछ देर और चुप रहने के बाद मिस्टर गोयल ने अपनी गर्दन को तनिक पीछे की ओर मोड़ा और फुसफुसाये-

सुनो।

हाँ।

सो गया?

हाँ सो रहा है।

कहीं सुन तो नहीं रहा है?

न...न...।

तुम ऐसा करना, इसने जो काठ के खिलौने जमा कर रखे हैं उन्हें चुपचाप फेंक देना। बढ़ई को तो पड़ोस वाली खाली ज़मीन से कल ही भगाता हूँ। कहीं और चलाये अपनी दुकान।

पर दूसरे दिन बहुत हंगामा करेगा।

कह देना तुम्हें नहीं मालूम हाथी-घोड़े कहाँ गये।

न, नहीं मानेगा। याद है जब मेरे कहने पर इसका पालतू खरगोश तुम झाड़ियों में छोड़ आये थे तो कितना रोया था।

मिस्टर गोयल ने दो बार हूँ-हूँ किया और चुप हो गये। शायद वे कोई और रास्ता सोच रहे थे।

तब कैसे होगा? वे कुछ देर बाद बुदबुदाये।

मिसेज़ गोयल ने वरुण पर एक नज़र डाली। वह सो रहा था।

एक रास्ता है। वह धीरे से बोलीं।

क्या?

हम कह देंगे कि जब तुम स्कूल गये थे तो बढ़ई मिस्त्री अपने मन से यह जगह छोड़कर चला गया। जाते समय अपने खिलौने माँगने लगा। बोला, खिलौने मैंने अपने बेटे के लिए बनाये थे।

यस-यस! मिस्टर गोयल के स्वर में दबी हुई उत्तेजना थी। वे बोले-ठीक कहती हो। सुनकर बढ़ई मिस्त्री से इसे घृणा हो जायेगी। दो-चार दिन में सब भूल जायेगा।

तो कब फेंकूँ? मिसेज़ गोयल ने गज़ब की आतुरता दिखायी।

कल इसके स्कूल जाते ही। देर करना ठीक नहीं। मिस्टर गोयल ने कहा और घर के सामने स्कूटर रोक दिया।

दूसरे दिन स्कूल से आने के बाद जब वरुण ने बढ़ई की झोंपड़ी और अपने खिलौनों के बारे में पूछा तो मिसेज़ गोयल ने उसकी ओर एक सुंदर-सा वीडियो गेम बढ़ा दिया, जिस पर लिखा था-नंबर गेम्स। वरुण की खुशी का ठिकाना न रहा।

तार

पहले इन साहब को ज़रा आप जान लीजिए। इन्हीं की जुबानी। इसके बाद मेरी सुनिएगा। इनसे जो कुछ छूट जाएगा, मैं बताने की कोशिश करूँगा। मुझसे कुछ छूटा तो आप जोड़ने-घटाने के लिए स्वतन्त्र हैं। तो पहले यह सज्जन स्वयं।

मैं, श्रीमानजी, मौलाना अजीबुर्रहमान के खानदान में पैदा हुआ और मेरा नाम सिर्फ़ रहमान है। यह मौलाना वही हैं, जिन्हें शायद आप नहीं जानते। 1857 के गदर में यह बीस साल के थे लेकिन न तो यह अंग्रेज़ों की तरफ़ से थे न ही बहादुरशाह ज़फ़र की तरफ़ से। इनके वालिद साहब भी, जिनका नाम हमें नहीं मालूम, मौलाना थे और बड़े शौक़ से अपने साहबज़ादे को मौलानागिरी सीखने के लिए दिल्ली से सटे शाहजहानाबाद के एक मदरसे में रख छोड़ा था जहाँ इनका रहना-सहना, खाना-पीना और पढ़ना-लिखना होता था। उस मदरसे में ट्रेनिंग करते-करते, श्रीमानजी, इनकी नज़र अपने ही मौलवी साहब की इकलौती साहबज़ादी रोकैया बानो पर पड़ी। किसी साथी ट्रेनिंग-याफ़्ता नौजवान ने समझाया कि मौलवी साहब तुम्हें कच्चा चबा जाएँगे, हड्डी समेत। मौलाना अजीबुर्रहमान यानी कि हमारे मौलाना, ज़िद्दी आदमी थे, बस ठान लिये। यही रोकैया बानो आगे चलकर हमारी पर-पर-परदादी बनीं। यानी ग्रेट-ग्रेट-ग्रेट ग्रैंडमदर।

फ़ैमिली हिस्ट्री पढ़कर ऐसा लगता है कि जब सन् 1857 में फ़ैसले की घड़ी आयी होगी तो हमारे मौलाना न इधर गये न उधर। जिस समय जोगिया वस्त्र धारण करके साधु के वेश में घूम-घूमकर षड्यन्त्रकारी अंग्रेज़ों की सुपारी दे रहे थे, बिगुल और नगाड़े से विचित्र-विचित्र ध्वनियाँ निकाल रहे थे, चारों ओर

तीर-तलवार, बरछी-भाले तैयार किये जा रहे थे, हमारे मौलाना अजीबुर्रहमान अपने उस्ताद मोहतरम की बेटी रोकैया बानो को किसी तरह उड़ा लेने की फ़िराक में मशगूल थे। परिवार में वर्षों से चली आ रही किंवदन्तियों से पता चलता है कि जिस दिन मेरठ में कुछ स्वदेशी जवानों ने अपने अंग्रेज हुक्मरानों की नाफ़रमानी करते हुए हल्ला बोला और गदर का बिगुल फूँका बीस साल के मौलाना अजीबुर्रहमान एक हिन्दू की वेशभूषा-मिर्ज़ईए धोती पगड़ी और लाठी-धारण कर नंगे पैर हमारी होने वाली पर-पर-परदादी को घाघरा-चोली पहना भगाकर कहीं लिये जा रहे थे। आगे कहानी और है, श्रीमानजी, लेकिन पहले विनम्रतापूर्वक मन का भेद खोल दूँ कि अपने पुरखों की यह कारस्तानी मुझे अपने परिवार के इतिहास की सर्वश्रेष्ठ घटना लगती है। मौलाना के लिए मन श्रद्धा और गर्व से भर जाता है। जब चहुँदिश खून-खराबा मचा हुआ था, जब बिना किसी उद्देश्य और योजना के लोग एक अन्तहीन जंग में उलझे हुए थे और जिसमें पराजय निश्चित थी, हमारे मौलाना ने प्रेम का रास्ता चुना और उस पर चल पड़े। वीरगति का अवसर हाथ से जाने देकर मौलाना ने बहुत अच्छा किया-इसके लिए न मुझे शर्म है, न दुःख।

दूसरी बात और सुन लें-और यह भी मेरे मन का भेद है। उस दृश्य को -जिसमें बीस साल के मौलाना एक हिन्दू की वेशभूषा में अठारह साल की हमारी परदादी को भगाये लिये जा रहे थे-मैंने कई बार देखा है। वह दृश्य मुझे पुलकित कर देता है। गुदगुदाता है। मेरे मन-मस्तिष्क के तन्तुओं को ऊर्जा से भर देता है। मेरा सन्तुलन बनाये रखने में मेरी मदद करता है। मेरा विश्वास है कि उस दृश्य ने मुझे ही नहीं बल्कि मौलाना अजीबुर्रहमान के बाद उनके खानदान की छह पीढ़ियों में से कई को आनन्दित और प्रेरित किया है।

कभी-कभी मैं उनके उस सफ़र और उस दौरान उनके बीच हुए सम्भावित वार्तालाप को विजुअलाइज़ करने का प्रयास करता हूँ तो मन रोमांच से भर उठता है। परदादा ने कहा होगा-जल्दी से गरारा-समीज उतारकर घाघरा-चोली पहन लो। ऊँटगाड़ी बाग में तैयार है। तुम्हारे अब्बा मस्जिद में नमाज़ पढ़ने गये हैं, आते ही होंगे। दादी बोली होंगी-तुम तो पहचान में ही नहीं आ रहे हो काफ़िरों के भेष में। क्या अब इसी तरह रहोगे ? दादा बोले होंगे-हाँ, अब इस तरह भी रहेंगे। तुम जल्दी करो नहीं तो पकड़ी जाओगी। तुम्हारे अब्बा तुम्हारा सिर कलम

करवा लेंगे। हमारे खानदान में यह भी रिवायत है कि दादी निकलीं तो, लेकिन घाघरा-चोली में नहीं। वे समीज और गरारा में ही भागीं और हमेशा वही पहना।

मैं ज़रा गौर से फिर वहाँ लौटता हूँ तो पाता हूँ कि दादा-दादी ऊँटगाड़ी पर बैठे हिलते-डुलते चले जा रहे हैं। रोकैया बानो रो रही हैं और मौलाना से लौट चलने की ज़िद कर रही हैं। दरअसल दादी को अपने अब्बा की याद आ रही है। लेकिन दादा उनसे भी ज़्यादा ज़िद्दी थे, कहते हैं अब निकल पड़ा हूँ तो निकल पड़ा हूँ, साथ चलना है तो चलो। दादी कहती हैं चारों ओर आग लगी है और आपको यह सूझी है। वह बोले होंगे, मेरे दिल में उससे भी ज़्यादा आग लगी है, पहले इसे बुझा लूँ तो गदर की खबर लूँगा। दादी ने चौंकते हुए कहा होगा, वह देखो फिरंगी आ रहे हैं। लाल कोट, नीला टोप, काली पतलून और सफ़ेद जुराबें पहने वे घोड़ों पर सवार हमारी ओर ही आ रहे हैं। उनके हाथों में नंगी तलवारें हैं, काँधे पर बन्दूक टँगी हैं और कमर में करौली लटक रही है। कहीं वे हमें ही तो नहीं खोज रहे हैं। दादा बोले होंगे-नहीं, वे बागियों को ढूँढ़ रहे हैं। हमें तो हाथ में तस्वीर लेकर तुम्हारे अब्बा ढूँढ़ रहे होंगे। फिर तनकर बोले होंगे- अगर फिरंगियों ने तुम्हारी ओर नज़र उठाकर भी देखा तो उन्हें कत्ल कर दूँगा। तो दादी ने बनावटी गुस्से से पूछा होगा-खंजर कहाँ है? दादा ने मुस्कुराते हुए उनकी आँखों की ओर इशारा किया होगा-यहाँ। वह धत करके रह गयी होंगी।

यह बात तो है कि दादी समझ न पायी होंगी कि आखिर उनके प्रेमी की मंशा क्या है और दरअसल फिरंगियों और दिल्ली के शहंशाह के बारे में क्या कुछ सोचता है। मेरा अनुमान है कि वह थककर चुप हो गयी होंगी और फिर दादा के कन्धे से लगकर सो गयी होंगी। गाड़ीवान ने कई कोस का सफ़र पूरा करके किसी बाज़ार के बाहरी इलाके में एक छायादार पेड़ के निकट स्थित कुएँ के पास पड़ाव डाला होगा। ऊँट ने पानी पिया होगा, गुड़ खाया होगा, पत्ते खाए होंगे। गाड़ीवान ने पानी पिया होगा, बीड़ी पी होगी, सत्तू खाया होगा। दादा ने फिरंगियों, बागियों, बहादुरशाह जफ़र और रोकैया बानो के बारे में सोचा-विचारा होगा। फिर सिर को झटककर रोकैया बानो की ओर प्रेमासक्त होकर देखने लगे होंगे। उसके बाद अपनी मिर्ज़ई, अपनी धोती, अपनी पगड़ी और लाठी को देखा होगा और मुस्करा पड़े होंगे। मेरा मानना है कि काल, स्थान और परिस्थितियों पर ध्यान दें तो पाएँगे कि मौलाना अजीबुर्रहमान ने हिम्मत

का काम किया था। इसीलिए शायद हमारे खानदानी तस्किरों में उन्हें कहीं अजीब मौलाना, अजीब जाँबाज़, बेताज बादशाह, दिल का पहला मरीज़ तो कहीं अजीब शागिर्द, अजीब इनसान जैसे उनवानों से नवाज़ा गया है। लेकिन जो नाम पारिवारिक अभिलेखों, रिवायतों, किंवदन्तियों और चुटकुलों में सबसे अधिक आता है वह है अजीब ज़िद्दी।

एक बात और। बाद की हमारी कुछ पीढ़ियों और उनके लम्बरदारों के बारे में हमारी जानकारी उतनी पुख्ता और पक्की नहीं है जितनी मौलाना अजीबुर्रहमान के बारे में। मौलाना ज़िद्दी, सिरफिरे, दिल के मरीज़ या कुछ भी रहे हों, वह थे मज़ेदार आदमी। यह बात फ़ैमिली रिसर्च के दौरान मेरे सामने आयी। वह स्वान्तः सुखाय शायर भी थे। उनकी दोयम दर्जे की तमाम ग़ज़लें और शे'र ज़बानी और तहरीरी शक्ल में बिखरे पड़े हैं। एक ऐसे ही शे'र में वह कहते हैं—

हंगामा बरपा है तलवारें चमचमायी हैं।

घायल पड़ा अजीब रोकैया की गोद में।

दूसरा शे'र कुछ यूँ है।

बागी खड़े हैं बाग में बगावत के नशे में

इक बागी यह रहा उल्फत के सफ़र में।

लगता है यह सब गदर और बगावत के माहौल में डरी-सिमटी अपनी प्रेयसी को ढाढ़स बँधाने के लिए तुरत-फुरत में इन्होंने गढ़ लिये होंगे। यह भी हो सकता है कि रास्ते से गुज़र रहे तलवार भाँजते फिरंगियों या विद्रोहियों को देखकर रोकैया बानो ने मौलाना को ताने मारे होंगे और मौलाना ने यह बानगी दिखायी होगी। लेकिन शे'र सच्चे हैं, दमदार हैं।

कुएँ के नज़दीक घंटा-दो घंटा आराम करने के बाद गाड़ीवान ने गाड़ी हाँक दी होगी।

ऐसा ज़िक्र आता है कि सूरज डूबते-डूबते ये लोग मेरठ पार करके किसी कस्बे के नज़दीक पहुँच गये और वहीं पहुँचकर ऊँटगाड़ी खराब हो गयी। दोनों एक सराय में शरण लेने पहुँचे। यह भी सुनने में आता है कि ऊँटगाड़ी नहीं खराब हुई थी। बल्कि गाड़ीवान की नीयत खराब हो गयी थी और वह गाड़ी को वहीं रोककर कुख्यात ठग अमीर अली के गिरोह के कुछ ठगों को बुलाने

गया ताकि मौलाना को ठिकाने लगाकर रोकैया बानो को लेकर फूट सके। मौलाना तेज़ आदमी थे, झट ताड़ गये कि गाड़ीवान उस्ताद बनना चाहता है तो गाड़ीवान के लौटने से पहले ही दोनों चुपचाप खिसक लिये और सराय पहुँचे। सराय मालिक को शक हो गया कि ये भटके हुए नौजवान हैं। कुछ बागी उस सराय में गुप्त रूप से डेरा जमाये हुए थे। सराय मालिक ने उनके नज़दीक जाकर फुसफुसा दिया। एक-एक कर बागी मिर्ज़ई और धोती वाले छोकरे और समीज़-गरारा वाली छोकरी को ताक गये। कुछ देर के लिए फिरंगियों का भूत उनके सिर से उतर गया। उनमें से एक ने कहा-हम सब बाहर सोते हैं, तुम दोनों अंदर जाकर सो जाओ। मौलाना ने रोकैया बानो का हाथ पकड़ा, अंदर गये और मौका ताड़कर पीछे वाले चोर दरवाज़े से बाहर निकल गये।

और यात्रा के इसी मोड़ पर इतिहास ने खुद को दोहराया। अन्तत: उन्हें एक ब्राह्मण पुजारी के घर आश्रय मिला और शायद प्रेम भी क्योंकि एक अपुष्ट पारिवारिक उपकथा के अनुसार, वे लोग वहाँ दो वर्ष तक रहे। मेरा मानना है कि वह ब्राह्मण सिर्फ़ पंडिताई कर रहा होता तो मौलाना अपनी प्रेयसी के साथ इतने लम्बे समय तक वहाँ न टिक पाते। वास्तव में वह छोटा-मोटा व्यापारी भी था और खुशबूदार तेलों की तिजारत करता था। यह बात मौलाना के एक शे'र से खुलती है। खैर...। प्रेमी मौलाना ने उसके तेल के व्यापार में मदद करना शुरू किया और जम गये। और यहीं उन्होंने फिर से इतिहास रचा। बात मुख्तसर में यह कि जहाँ शरण मिली थी, वहीं किसी और पर नज़र पड़ी। रोकैया बानो ने ताना मारा-यह हिन्दू छोकरी मेरे जैसी बेवकूफ़ न निकलेगी जो तुम्हारे साथ मरने-जीने को तैयार हो जाए। मौलाना ने फिर ठान लिया। आला दर्जे के ज़िद्दी तो थे ही। खुशबूदार तेल के सौदागर पुजारी की राजदुलारी सुमन्ती देवी को रातों-रात ले उड़े, मुसलमान बनाया और शहर काज़ी के पास जाकर रोकैया बानो की रज़ामन्दी से, निकाह को अंजाम दिया।

एक अरसे के बाद, जब मुल्क और गदर का वारा-न्यारा हो गया, और उम्र भी हो गयी, तो मौलाना अजीबुर्रहमान घर लौटे। दोनों बीवियों ने उन्हें कई औलादों से नवाज़ा था। इन्हीं में से किसी से हम हैं। पर हमारी असली दादी कौन हैं, हमारे खानदान में किसी को नहीं मालूम-यकीन के साथ कोई भी नहीं बता सकता। वैसे सरहद के इस पार से उस पार तक फैले हमारे खानदान

के अधिसंख्य लोग अपने-आपको रोकैया बानो के पेट या उनके सिलसिले से मानते हैं। सुमन्ती देवी, जिनका इस्लामी नाम भी किसी को नहीं पता, का हवाला कोई नहीं देता। लेकिन बिला शुबहा वे मौलाना की चहेती थीं। यह इस बात से पता चलता है कि मौलाना के हस्तलिखित उर्दू-हिन्दवी शे'रों का जो ज़खीरा कीड़े-मकोड़ों से बचा रह गया है उसमें सुमन्ती देवी का नाम और संदर्भ कई बार आया है जबकि रौकेया बानो का सिर्फ़ दो बार। एक मज़ाहिया शे'र में तो उन्होंने यहाँ तक कहा है।

> रोकैया के बाप ने क्या काम कर दिया
>
> इल्मो अदब के नाम पर बरबाद कर दिया,
>
> देवी सुमन्ती आयी किस्मत में जब से है
>
> तेली बने, आबाद हुए और घर बसा लिया।

एक अन्य स्थान पर उन्होंने सुमन्ती देवी को कुछ इस तरह याद किया है।

> एक बामन की बेटी ने घर-बार छोड़कर अपना
>
> हमदम हमें बनाया ईमान छोड़कर अपना।

वैसे सुमन्ती देवी कम ज़िद्दी न रही होंगी। नहीं तो एक म्लेच्छ को जिसकी भगायी गयी प्रेयसी उसके साथ हो, अपना जीवन-साथी कैसे चुन लेतीं और अपना, अपने पिता का सब कुछ उसके ऊपर लुटा देतीं। इस रहस्य का खुलासा मौलाना के एक दोहानुमा शे'र में कुछ इस प्रकार हुआ है।

> ज़िद्दी को ज़िद्दी मिली मिला इश्क को हुस्न
>
> बानो देखती रह गयी देवी आयी संग।

लेकिन हमारे बाबा-ए-खानदान की इन कारस्तानियों ने कभी हमारा पीछा नहीं छोड़ा। हमारे परिवार का कोई सदस्य जब कभी दकियानूसी से दूर भागता, मज़हब से कुछ बेरुखी दिखाता या तथाकथित गैर-इस्लामिक बातों में दिलचस्पी लेता तो गाँव-मुहल्ले में कहने वाले कहते—वही पंडिताइन का खून है और क्या...मौलाना की जो पहली रहीं...उनकर औलादन तो सब पाकिस्तान चले गयेन...ऊ सब रोज़ा नमाज़ के पाबंद हैं...इनकी तरह काफ़िर नाय होय गयेन।

तो श्रीमानजी, मौलाना अजीबुर्रहमान के कुनबे में आगे चलकर कई कठमुल्ले, कई आलिम, कई हिन्दुस्तानी, कई पाकिस्तानी और कई महाज़िद्दी

आशिक पैदा हुए। हाँ, कोई नामचीन देशभक्त नहीं पैदा हुआ। जंगेआज़ादी में, या उसके पेशतर, या उसके बाद, किसी ने भी देश के लिए सिर नहीं कटाया। सन् 1857 में पहला और अंतिम मौका आया था लेकिन बाबा-ए-खानदान ने उसे जाने दिया। उसके बाद तो उस नेक काम के लिए किसी को फुर्सत ही न मिली।

मौलाना ने हमारी हिन्दू दादी के साथ मिलकर खुशबूदार तेलों का कारोबार जमाया। इसकी सौदागरी के गुर तो उन्होंने अपने हिन्दू ससुर से ही सीखे थे। कारोबार ऐसा चला कि यह हमारा पुश्तैनी धन्धा बन गया—सरहद के दोनों तरफ़। दूर-दूर से लोग खरीदने आते, दूर-दूर तक हमारे पुरखे खुशबूदार तेल बेचने जाते। हम कई तरह का शुद्ध खुशबूदार तेल बनाने और बेचने के लिए मशहूर रहे। कई पीढ़ियों तक तो हमारे खानदान में किसी ने कोई दूसरा काम ही नहीं किया।

लेकिन बाद में वक्त बदलने के साथ कुछ लोगों ने दीगर धन्धों में हाथ आज़माना शुरू किया। क्योंकि खुशबूदार तेल की सौदागरी अब फ़ायदे की सौदागरी नहीं रह गयी थी। कई तरह के तेल बाज़ार में आ गये थे और हमारे ग्राहक और प्रशंसक कम होने लगे। कई लोग हमारे दुश्मन बन गये। कई बार मिलावट का इल्ज़ाम भी लगा जबकि मिलावट हम करते न थे। टैक्स और चुंगी बढ़ा दी गयी और फिर कई बार छापे पड़े। फिर इधर आकर बड़े घिनौने इल्ज़ाम लगे कि हम अपनी दौलत का बेजा इस्तेमाल कर रहे हैं, मुल्क के दुश्मनों का साथ दे रहे हैं। थाना-पुलिस कोर्ट-कचहरी आये दिन की बात हो गयी। अन्ततः हमारे वालिद मरहूम ने खुशबूदार तेलों के कारोबार से हाथ खींच लेने का फ़ैसला कर लिया।

मैंने कुछ दिन तक हाथ-पैर मारा लेकिन सफल न हो सका। तेल बनाने की मशीन बेच दी। तेल की खास शीशियाँ जहाँ से बनकर आती थीं, वे लोग बेकार हो गये। जो लोग शीशी का कॉर्क बनाकर देते थे, उनके खाने के लाले पड़ गये। मोर छाप लेबल जहाँ से छपकर आते थे उनका बिज़नेस आधा हो गया। अगर, श्रीमानजी, आप हमारे घर में आएँ तो आपको लगेगा ही नहीं कि कभी यह घर मोर छाप खुशबूदार तेलों का अड्डा था। आज तो आपको घर की अलमारियों में, कोनों में, और गोदाम में अलग-अलग आकार-प्रकार की खाली शीशियाँ ही दिखाई देंगी

अब मैं एक नये धन्धे के बारे में सोच रहा हूँ। मेरे एक दोस्त ने सलाह दी है कि लॉटरी की टिकटें बेचूँ। देखिए, हम लोग ज़माने से तेल का ही काम करते आये...कुछ और सीखा नहीं...कुछ और किया ही नहीं। घर का बच्चा-बच्चा इस कारोबार की बारीकियों, इसके मिज़ाज, इसके उतार-चढ़ाव से वाकिफ़ है। कहें कि यह तो हमारे खून में है। हमने घर के आँगन में, सेहन में, बारादरी में, कोने-कोने में फूलों के ढेर देखे हैं, खुशबूदार पत्तियों, जड़ी-बूटियों, और नायाब पौधों के बेशकीमती खज़ाने देखे हैं। सैकड़ों कारीगरों को एक साथ फूलों से अर्क निकालते, पत्तियों की लुग्दी बनाते और इमामदस्ते में जड़ी-बूटियों को कूटते-पीटते देखा है। पूरा घर, घर के सारे लोग, घर के अगल-बगल का पूरा माहौल खुशबू से गमकता था। जैसे-जैसे खरीदार व्यापारियों के आमद की तारीखें नज़दीक आती थीं, काम दो-गुना बढ़ जाता था। रात-दिन कारीगर एक कर देते थे...उनके रहने-खाने का इंतज़ाम बारादरी में हो जाता था...सुबह-शाम खानसामे जुटे रहते। शीशियों की खनखन में और कुछ सुनाई न पड़ता। रात में पेट्रोमैक्स की रोशनी में शीशियों पर चिब्बियाँ चिपकायी जातीं। वालिद मरहूम इस पर खास नज़र रखते। जिन शीशियों पर चिब्बियाँ टेढ़ी-मेढ़ी चिपकी होतीं उन्हें हटा दिया जाता। काम का बोझ इतना होता...माल की माँग इतनी होती कि इन हटायी गयीं शीशियों की ओर किसी का ध्यान ही न जाता। वे वैसी ही खाली पड़ी रहतीं। घर में सैकड़ों ऐसी शीशियाँ इधर-उधर पड़ी हुई आज भी देख सकते हैं। दूर-दराज से आने वाले व्यापारी पहले एक-दो दिन तो बारादरी के ऊपरवाले कमरों में आराम करते। वहीं वे अपना खाना खुद बनाते जिसके लिए पूरा इंतज़ाम रहता। फिर वे अपनी शीशियाँ गिनवाते, और शीशियाँ गिनवाते-गिनवाते शिकवा-शिकायत करते, नफ़ा-नुकसान बताते, हँसी-मज़ाक करते, कीमत को कमोबेश करवाते और फिर उनके हाथ अपनी धोतियों, लुंगियों की टेंटों या मिर्ज़ई और सदरियों की अंदरूनी जेबों की तरफ़ बढ़ जाते। पंडित हरिनारायण, जो हमारे यहाँ खानदानी मुंशी थे, अपने चश्मे के अंदर से सब कुछ देखते रहते, बात बिलकुल न करते। कलम को दवात में डुबोते, दीवार पर छिड़कते और अपनी लाल पोथी में दर्ज कर लेते।

व्यापारी चले जाते, कारीगरों की एक महीने की छुट्टी हो जाती, बारादरी में

ताला लग जाता, पेट्रोमैक्स का तेल निकालकर टाँग दिया जाता, लेकिन खुशबू हमारा पीछा न छोड़ती। अब, श्रीमानजी, खुशबूदार तेलों को छोड़कर कागज़ के टुकड़ों का व्यापार करूँ, मन तैयार नहीं होता है। लेकिन मरता क्या न करता। अब यही करूँगा। एक बार अगर मन में जम गयी तो बिज़नेस जमा लूँगा। ठान लूँगा तो कर लूँगा। मौलाना अजीबुर्रहमान का पोता जो ठहरा। तो बस ठानने भर की बात है। रात भर सोचने का मौका दीजिए।

अभी-अभी मौलाना अजीबुर्रहमान के पड़पोते साहब ने, जिसका नाम रहमान है, अपना परिचय समाप्त किया है। इसमें उन्होंने खुशबूदार तेल का धन्धा बंद करके लॉटरी-टिकट बेचने का कारोबार शुरू करने की बात कही है। मैं इस कहानी को वहीं से पकड़ता हूँ।

ऐसे तो रहमान भाई को मैं बचपन से जानता हूँ। लेकिन करीब से तब से जानता हूँ जब से खुशबूदार तेलों के धन्धे में उन्हें घाटा होना शुरू हुआ। घाटा तो पहले से शुरू हो गया था और रही-सही कसर पुलिसवालों ने ढेर सारे संगीन इल्ज़ाम लगाकर पूरी कर दी। रहमान मियाँ को तो याद नहीं लेकिन सच्चाई यह है कि लॉटरी के नये धन्धे के बारे में मैंने ही उन्हें राय दी थी। अब जबकि लॉटरी वाला धन्धा वे शुरू करने वाले हैं, कभी-कभी मुँह में पान दबाकर... बाल खुजलाते हुए याद करने का बहाना करते हैं-बस यही तो याद नहीं कि कौन बंदा था। तुम्हीं थे क्या, मैं हँसने लगता हूँ। दरअसल ऐसा कई बार हो चुका है और इसी मरहले पर आकर बात खत्म हो जाती है। ये नेकदिल लोग हैं। इनके वालिद भी अच्छे इनसान थे। बस ये लोग थोड़ा अकड़ू हैं। कोई बात लग गयी तो ठान लेते हैं। हाँ, अगर ठान लिया तो कर दिखाते हैं। जाने कहाँ से यह सिफ़त आयी है इनमें। तेल का धन्धा ऐसा खराब नहीं हुआ था कि उसे बंद कर दें। बस किसी ने शिकायत कर दी कि मोर छाप तेल वालों ने मदरसों में चन्दा बढ़ा दिया है। बस फिर क्या था सी.आई.डी. वाले पीछे पड़ गये। नुकसानदेह केमिकल की जाँच तो अलग से चल ही रही थी। रहमान भाई के वालिद ऐसे कि घूस देने को तैयार नहीं। कोर्ट-कचहरी करते-करते, सी.आई.डी. वालों को जवाब देते-देते पिछले साल चल बसे।

रहमान भाई ने कारोबार सँभाला ही था...ठीक-ठीक चल भी रहा था कि वह कश्मीर वाली बात हो गयी। वहाँ के कुछ व्यापारी मोर छाप तेल लेने आये

थे। आते ही रहते थे। जाड़े में उधर से ऊनी सामान लाते और इधर से मोर छाप तेल की शीशियाँ ले जाते। मोर छाप लेबल के नीचे लिखा होता था-यह तेल दिल्ली, श्रीनगर, अमृतसर, लाहौर और पेशावर तक भेजा जाता है। जबकि बँटवारे के बाद यह तेल पाकिस्तान नहीं जाता था लेकिन चिब्बी पर इबारत बरकरार थी। पिछले साल की ही तो बात है। रात में पुलिस और एस.टी.एफ. ने धावा बोला और सबको उठाकर ले गये। इल्ज़ाम लगाया कि शीशियों में यहाँ से तेल भर कर जाता है और वहाँ से तबाही का लिक्विड आता है। कश्मीरियों और उनके कम्बलों और चादरों का तो कुछ पता न चला। हाँ, एक महीने बाद रहमान भाई शक्ल-सूरत बिगाड़कर वापस लौटे। बस तभी से तेल के धन्धे से हीक हो गयी। लेकिन चोट भी पहुँची थी। ठीक दिल पर लगी थी। लेकिन कर क्या सकते थे। सी.आई.डी. का मामला था। पीले झंडे वालों ने घर के सामने ही धरना दे दिया...नारे लगाने लगे...पोस्टर छाप डाले...पोस्टर में रहमान भाई के मुँह पर कालिख पोत डाली...गद्दार और आंतकवादी बना डाला।

अभी पिछले ही महीने यही मुकाम था, जब मैं एक शाम उनके साथ बैठा लॉटरी की टिकटों के बारे में सोच रहा था। जब मैंने उन्हें यह सुझाव दिया तो वह भी सोचने लगे। फिर मैंने उन्हें एक नाम भी सुझाया भारत माता लॉटरी केन्द्र या फिर हिन्दुस्तान लॉटरी सेंटर जैसा कुछ रख लें...नहीं तो गाँधी या नेहरू के नाम पर...। उन्होंने हँसते हुए पूछा-मोर छाप लॉटरी सेंटर नहीं चलेगा क्या? मोर तो हमारा राष्ट्रीय पक्षी है। मैंने संजीदगी से कहा, देखिए एक बार बदनामी हो जाने के बाद...। वे और ज़ोर से हँसने लगे। फिर बोले, नाम के बारे में मुझे सोचने दो।

दो दिन बाद रहमान भाई ने मुझे बुलाया। मैं समझ गया, नाम के बारे में ही कुछ होगा। बात वही थी। चाय पिलाने के बाद वे मुझे अंदर वाले कमरे में ले गये और अभी-अभी अपने हाथों से पेंट किया हुआ साइनबोर्ड दिखाया। जो कुछ मैंने देखा उसे तो मैं आपको बताऊँगा ही लेकिन पहले यह सुन लीजिए कि उस साइनबोर्ड को देखते ही मुझे कैसा महसूस हुआ, मुझ पर क्या बीती, मैंने क्या सोचा। देखिए, पहले तो कुछ समझ न आया। फिर माथे में कुछ सरसराया। अरे...अह...ओऽऽऽ...यह क्या...! यह क्या रहमान भाई...मैं बुदबुदाया, फिर हँस पड़ा। हँसी रुकी ही नहीं। रोके नहीं रुक रही थी। कभी-कभी सिम्पल-सी

बातों में कितना तीखा व्यंग्य, कितना अर्थ, कितना भेदक ह्यूमर छिपा होता है...
छिपा नहीं बल्कि उसमें से टपक रहा होता है...छलछला रहा होता है कि आप
बस शब्द-मुक्ति की परम स्थिति में पहुँच जाते हैं। उसका आस्वाद क्षणिक
होते हुए भी परमानन्ददायी होता है। इस सादगी और सीधेपन में जो व्यंजना
होती है वह किसी प्रच्छन्न या छद्म प्रविधि के प्रयोग के कारण नहीं बल्कि यह
उसकी अन्तर्निहित शक्ति के कारण घटित होती है। हाँ, उसकी अपनी एक
नेचुरल टाइमिंग होती है जो कभी-कभी ही सेट बैठती है। और जब बैठती है
तो लगता है जैसे किसी ने आपकी आत्मा में गुदगुदी कर दी हो...या फिर सिर
में...जहाँ से सारी क्रियाएँ और विचार संचालित होते हैं, एक हथौड़ा दे मारा
हो...या कि आपकी प्रेयसी या प्रेमी ने किसी के सामने आपका चुम्बन ले लिया
हो। आप मुग्ध या भयभीत होने से लेकर चौकन्ने, अचम्भित होने, आश्वस्त
होने या सशंकित होने जैसी प्रक्रियाओं से एक साथ या अलग-अलग गुज़र
सकते हैं। उस साइनबोर्ड को देखने के बाद मैं कई भावों से गुज़रा लेकिन जो
अन्तत: मुझे याद रह गया है वह है सनसनी। जी हाँ, एक प्रकार की सनसनी ने
मेरे पूरी शरीर को, मेरी सम्पूर्ण चेतना को धर दबोचा। और, अब आपको कैसे
बताऊँ, यह सनसनी न तो पूरी तरह सकारात्मक थी न पूरी तरह नकारात्मक।
मन-मुदित...मन-व्यथित जैसी स्थिति थी। एक विशेष प्रकार का भाव मेरे मुँह
में, मेरे दिमाग में, मेरे पूरे शरीर में शुरू हुआ और फिर समाप्त हो गया। इन
सबसे जब मैं सँभला तो बेतहाशा हँसने लगा। रहमान भाई की पीठ थपथपाता
हुआ बस हँसता ही जा रहा था। पर उनके ऊपर कुछ असर नहीं। वे चुपचाप
खड़े थे। बिलकुल चुपचाप।

वह एक चार बाई तीन का टिन का टुकड़ा था। पहले उसे सफ़ेद रंग
से रँग दिया गया था। ठीक बीच में लाल पेंट से लॉटरी की टिकटें बनाने की
कोशिश की गयी थी। वे किसी तरह बन गयी थीं...और कोशिश नाकाम नहीं
थी। पीले रंग से एकदम नीचे छोटे-छोटे अक्षरों में लिखा हुआ था-मोर छाप
खुशबूदार तेल की जगह यहाँ से लॉटरी की टिकटें खरीदें। सबसे ऊपर मेरी
नज़र सबसे बाद में गयी। वहाँ हरे रंग से साफ़-साफ़ बड़े अक्षरों में लिखा था-
'अल- फ़ायदा लॉटरी सेंटर'।

रहमान भाई अभी भी चुपचाप खड़े थे। अचानक मुझे लगा जैसे उन्हें

लम्बी-लम्बी दाढ़ी उग आयी है, वे पतले और लम्बे हो गये हैं...सिर पर पगड़ी...और कन्धे में ए.के. 47 टँग गयी है। मैंने उनके उसी कन्धे पर हाथ रखते हुए कहा-अच्छा बनाया है...पर इतनी मेहनत क्यों की...किसी पेंटर से बनवा लेते। वे मेरे हाथ को धीरे-से हटाते हुए बोले, साले तैयार ही नहीं हुए... तो खुद करना पड़ा...नाम कैसा है? मैं फिर हँसने लगा। मेरे मुँह से निकला, रहमान भाई, चीज़ों को हल्के-फुल्के ढंग से लेना छोड़िए। समय को देखिए... यह पैरोडी महँगी पड़ सकती है...सोच लीजिए।

मैं जानता था रहमान भाई जिस माटी के बने हैं, वे अपने निर्णय पर अडिग रहेंगे। जो ठान लिया सो करेंगे। कल ज़रूर यह बोर्ड उनके घर पर टँगा मिलेगा। मुझे यह भी पता था अगर रहमान भाई ने मेरी चेतावनी पर ध्यान न दिया तो मुश्किल में अवश्य पड़ जाएँगे। वही हुआ। ठीक वही। अल-फ़ायदा लॉटरी सेंटर का बोर्ड रहमान भाई ने अपने घर पर टाँगा और दूसरे ही दिन सी.आई. डी. और एस.टी.एफ. के लोग उनके दरवाज़े पर आ धमके। मुझे खबर मिली तो मैं भी घबराया हुआ वहाँ पहुँच गया। यद्यपि रहमान भाई ने कोई अच्छा काम नहीं किया था और मेरे सुझाव की अनदेखी करके उन्होंने और भी बुरा किया था, फिर भी मेरी सच्ची सहानुभूति उनके साथ थी। जब मैं पहुँचा तो बाहर से ही मामले की गम्भीरता का एहसास हो गया। मुहल्ले के लोग दर्शक बने कुछ फ़ासले पर खड़े थे। पहले मैंने उन्हें ही देखा और पाया कि कई लोग पुलिसिया हरकत से नाखुश थे। रहमान भाई अपने ही बरामदे में ज़मीन पर बैठाये गये थे। सिपाहियों को कुर्सी नहीं नसीब हुई थी और वे बन्दूकें लटकाये इधर-उधर टहल रहे थे। वह कसूरवार साइनबोर्ड नीचे कोने में पड़ा था। मैं चलता-चलता वहाँ तक चला गया जहाँ से मैं पुलिसवालों और रहमान भाई के सवाल-जवाब आसानी से सुन सकता था। मैं इस तरह खड़ा हुआ कि ज़मीन पर बैठे रहमान भाई मुझे न देख सकें।

‘‘महीना भर जेल की हवा खाकर लौटा था...अब यह सब करने की क्या ज़रूरत थी बे?’’ पूछने वाला सादी वर्दी में था।

‘‘क्या किया?’’ रहमान भाई ने भी प्रश्न पूछा। स्वर कहीं से कमज़ोर नहीं था।

‘‘यह बोर्ड घर पर क्यों टाँगा?’’

''बिज़नेस के लिए।''

''इस तरह का नाम क्यों रखा ?''

''मुझे तो इसमें कोई बुराई नज़र नहीं आती।''

''जी नहीं।''

''तूने क्या नाम रखा है, पता है ?''

''अल-फ़ायदा लॉटरी सेंटर। मेरे यहाँ से जो टिकट खरीदे, उसका फ़ायदा होगा।''

''तुझे और कोई नाम नहीं सूझा ?''

''सूझा था लेकिन यही चुना।''

''क्यों ?''

''देखने में, सुनने में, यह ध्यान खींचता है। बिज़नेस के लिए यही ज़रूरी है।''

''साले, उच्चारण पर ध्यान दिया है, कितना मिलता-जुलता है ?''

''वही तो कह रहे हैं, लोगों का ध्यान खींचेगा।''

''ठीक कहता है, हमारा भी ध्यान खिंच गया। अच्छा बोल, इसे हरे रंग से क्यों लिखा ?''

''ध्यान खींचने के लिए।''

''तो बिज़नेस के लिए तुम देशद्रोह का काम करोगे ?''

''इसमें देशद्रोह कैसा ?''

''अच्छा सुन, यह काला पेंट है। मिटा अपने हाथ से। छोड़ देंगे तुझे।''

''यह कोई गाली नहीं है, जो मिटा दूँ।''

''बहुत बड़ी गाली है बे।''

''आप बिना वजह भयभीत हो रहे हैं। यह बोर्ड किसी का कुछ नहीं बिगाड़ेगा। यह मेरी दुकान का नाम है बस।''

''अच्छा, चल मिटा, तेरा पाप धुल जाएगा।''

''बड़ी मेहनत से तैयार किया है इसे। यह कोई पाप नहीं है।''

''बड़े ज़िद्दी हो भाई।''

''आप सही फ़रमा रहे हैं।''

''अबे !''

‘‘जी हाँ, मैं बड़ा ज़िद्दी हूँ। मेरा मानना है कि चिढ़ाना किसी को गाली बकने से अलग है। इसलिए यह मेरे फ़्रीडम ऑफ़ एक्सप्रेशन के अधीन है।’’

‘‘अंग्रेज़ी मत बोल। और ज़िद के पेड़ से नीचे उतर। चला ब्रश।’’

‘‘हम ज़िद नहीं करेंगे तो मर जाएँगे। ज़िद हमारे लिए ऑक्सीजन है। ब्रश नहीं चला सकते।’’

‘‘देशहित में भी नहीं ?’’

‘‘नहीं। मेरा भी कोई हित है। कोई सुन रहा है कि नहीं ?’’

‘‘पूरे सनकी हो भाई।’’

‘‘आप बड़े लोग हैं, कुछ भी कहें।’’

‘‘अबे तुझ जैसे सनकियों से हिन्दुस्तान को खाली कराना पड़ेगा।’’

‘‘तब हिन्दुस्तान सूना हो जाएगा।’’

‘‘अजीब आदमी है। पागल।’’

‘‘जी, मैं सही में अजीब आदमी हूँ। मेरे पूरे खानदान में सभी हैं।’’

‘‘तू सुधरेगा नहीं ?’’

‘‘वह भी नहीं सुधरे थे।’’

‘‘कौन ?’’

‘‘कोई नहीं।’’

‘‘तुम्हें हम अंदर करके आजीवन सड़ा सकते हैं। यहाँ तक कि तुम्हारा एनकाउंटर भी हो सकता है।’’

‘‘किस जुर्म में ?’’

‘‘तुम्हारे कारनामे से पूरी फ़ाइल भरी पड़ी है। हमें पता है तुम्हारे तार कहाँ-कहाँ से जुड़े हैं।’’

‘‘यह आप कभी भी पता नहीं कर सकते।’’

‘‘ज़बान लड़ाता है। साले, दस साल से तुम लोग यही कर रहे हो। कहो तो बताएँ कहाँ-कहाँ से तुम्हारे तार जुड़े हैं ?’’

‘‘इसके लिए आपको बहुत पीछे जाना होगा। बहुत पीछे। आप तो बस नाक की सीध पर देखते हैं।’’

‘‘बेसिर-पैर की बात मत कर, अच्छा बता, कहाँ से पढ़ा-लिखा है ?’’

‘‘अलीगढ़।’’

‘‘मदरसा दाख़िल ईमान में नाम लिखवाया है। मौलाना बनाना चाहते हैं।’’

‘‘हवलदार, इसे जीप में बैठाओ। साला पक्का आतंकवादी बन गया है। बैठाओ साले को गाड़ी में।’’

सुनकर मैं काँप उठा। मेरे पाँव थरथराने लगे। वहाँ खड़ा होना दूभर हो गया। याद नहीं कैसे मैं घर पहुँचा। बाद में घर पर किसी ने बताया कि एस.टी.एफ. वाले रहमान भाई को साथ ले गये। मैं बेचैन हो उठा। क्या करूँ, किससे कहूँ। आख़िर क्या ज़रूरत थी रहमान भाई को इतनी अकड़ दिखाने की ? पहले ही समझाया था...लेकिन ज़िद के आगे कुछ न कर सका।

रात में बहुत देर तक करवट बदलते रहने के बाद नींद आयी तो सपने में रहमान भाई को देखा। उन्हें तीन गोलियाँ मारी गयी थीं। एक सिर में, एक सीने में और एक मुँह पर उनकी लाश जहाँ पड़ी थी वहीं मोर छाप तेल की असंख्य खाली शीशियाँ बिखरी पड़ी थीं और पुलिस वाले उन पर लाठियाँ बरसा रहे थे। मुझे डर है कि यह सपना कहीं सच न हो जाए। आख़िर आजकल सपनों के सच होने में वक्त ही कितना लगता है।

मौसम

मौसमे बहार और अब्बू। अम्मी, मैं, इकबाल और राशिदा भी। मुझे मालूम है अब्बू आजकल एक नॉविल लिख रहे हैं-उर्दू में। नाम रखा है *बहारों का मौसम*। नाम कुछ अजीब लगता है, पर अब्बू का मामला है, कौन बोले। मुझे उर्दू कुछ खास आती नहीं। इकबाल को तो एकदम नहीं। इकबाल मेरा भाई है। पर राशिदा के मज़े हैं। उर्दू में माहिर और अब्बू की चीफ़ एडीटर। कभी नॉविल की कहानी बताती है तो लगता है अब्बू अपने बारे में लिख रहे हैं। राशिदा मेरी बहन है।

अब्बू के इस फ़न का पता सिर्फ़ राशिदा को था। हम तो उन्हें एमएससी फ़िज़िक्स ही मानकर चलते थे। साइंस और अफ़सानानिगारी को आमतौर पर एक साथ नहीं देखा जाता। जो भी हो, लिखना अब्बू ने हाल-फ़िलहाल में शुरू किया होगा। नहीं तो अब्बू को अपने नॉविल का नाम बदलकर *दुश्वारियों का मौसम* रखना चाहिए। अब्बू ने कहला भेजा कि उसे अदब की समझ नहीं है। खास तौर से उर्दू अदब की तो बिलकुल नहीं। अपनी टाइटिल अपने पास रखे। मैं और राशिदा खूब हँसे।

हमारा घर बड़ा दोस्ताना है। इस मामले में कि हम लोग हँसने का बहाना ढूँढ़ ही लेते हैं और इस मामले में भी कि राशिदा और अम्मी जब सलवार-सूट पहनकर कहीं शादी-ब्याह में निकलती हैं तो दोनों छोटी-बड़ी बहनें लगती हैं और वही हाल हम दोनों भाइयों और अब्बू का है। एक सफ़ारी सूट तीनों पहन सकते हैं। तीनों खड़े हो जाएँ तो कहें-वालिद फ़रजंद कम, भाई-भाई ज्यादा। इकबाल जो हमारे और राशिदा के बीच का है, अब्बू से दो इंच ऊपर हो गया है।

हम एक-दूसरे से बहुत खुले हुए भी हैं। खूब बातें होती हैं। एक-दूसरे की खिंचाई-सिंचाई भी। बस अब्बू ही ज्यादातर संजीदा बने रहते हैं। अब्बू को हँसते हुए बहुत कम देखा है। अब्बू तो शायद अम्मी से भी छेड़छाड़ नहीं करते हैं। हाँ, राशिदा ज़रूर अपवाद है। उसके साथ उनके चोंचले ही रहते हैं। पर जल्दी ही वे फिर से अपनी बनायी हुई गुफ़ा में दाखिल हो जाते हैं। उनकी संजीदगी के बारे में हमारे घर में दो राय हैं। अम्मी और राशिदा मानती हैं कि अब्बू कुदरतन संजीदा हैं। मेरा और इकबाल का ख़याल है कि अब्बू की गम्भीरता उनके स्वभाव का हिस्सा नहीं है, बल्कि इसे उन्होंने ओढ़ रखा है। यों तो वाल्दैन के बारे में कोई ऐसी-वैसी टिप्पणी करना अच्छा नहीं माना जाता, पर मैं एक बात ज़रूर कहूँगा-अब्बू के बारे में। गुस्ताख़ी माफ़, उनके अन्दर एक अजीब-सी हेकड़ी है। वह झूठे स्वाभिमान के शिकार हैं और ट्रेजडी यह है कि उन्हें इन बातों का पता नहीं है। वे आदतन दूसरे की बुराई कर बैठते हैं। खुद तो कुछ नहीं बने, पर दूसरे की नौकरी, चाहे कितनी ही बड़ी क्यों न हो, भाव नहीं देते। मुँह पर ही बोल देते हैं। उनकी इन बातों से मुझे तो बहुत कोफ़्त होती है, पर लिहाज़ में कुछ कहता नहीं। पीठ पीछे अम्मी हम लोगों से शिकायतें तो करती हैं पर खुद उन्हें रोक नहीं पाती हैं।

पर हम चारों मतलब कि अम्मी भी-उनकी बड़ी इज़्ज़त करते हैं। अब्बू के लिए हमारे दिलों में इज़्ज़त ही नहीं प्यार भी है। अम्मी से ज़्यादा अब्बू एजुकेशन के लिए ज़िम्मेदार हैं। हमेशा लगे रहे कि तीनों बच्चे पढ़-लिख जाएँ, ऊँची तालीम हासिल करें और ऊँचे ओहदों पर पहुँचें। पर इज़्ज़त और प्यार है तो सिर्फ़ इसलिए नहीं कि उन्होंने हमें ऊँची तालीम हासिल करने में मदद की। वैसे तो इज़्ज़त और प्यार के हकदार वे तभी हो गये जब वे हमारे वजूद की वजह बने। असल में, इन सबसे बढ़कर हम उनकी मेरिट के कायल हैं। हर क्षेत्र में उनका ज्ञान और उनका दखल काबिले तारीफ़ है। जो कुछ उन्होंने स्टूडेंट लाइफ़ में पढ़ा था और कैरियर परीक्षाओं के लिए याद किया होगा, कुछ भी नहीं भूले हैं। हमें कई बार फ़ख्र होता है कि हमारे अब्बू कितना कुछ जानते हैं। कितने बौद्धिक हैं, कितने वेल इन्फ़ार्म्ड और अप-टू-डेट हैं।

एक बात और। मेरे अब्बू दूसरे अब्बुओं की तरह बूढ़े और रिटायर्ड कभी नहीं लगे। गोरे, नौजवान, स्मार्ट और हमेशा फ़िटफाट। इस मामले में अपने

तीनों बच्चों के आदर्श। पर हमें खीझ और शर्म तब आती है जब वे हर किसी में लूपहोल ढूँढ़ने लगते हैं, हर किसी के पेशे और नौकरी को तुच्छ बताने लगते हैं। अक्सर मैं अपने दोस्तों के घर जाता हूँ लेकिन अपने दोस्तों के पिताओं को अब्बू की तरह बिहेव करते कभी नहीं देखा। अब्बू के एक खास दोस्त प्राइमरी स्कूल के टीचर रहे हैं। अब्बू का हमारी ज़िन्दगी में होना एक अजीब-सा भाव जगाता है। कैसे बताऊँ।

बकौल अम्मी, अब्बू अखबार से ऐसा इश्क फ़रमाते हैं कि कोई मियाँ अपनी नयी-नवेली बीवी से क्या फ़रमाएगा। अब्बू कहते हैं, अखबार उनकी ताकत है। मुझे याद आ रहा है कि जब मैं छोटा था तो अब्बू कहीं बाहर रहकर पढ़ते थे। शायद एमएससी कर रहे थे। महीने में एकाध बार घर आते थे। मुझे यह भी याद आ रहा है कि अम्मी कभी-कभी ऐसी बात बोलती थीं-शायद उन्होंने एक जुमला गढ़ रखा था-जिसका अर्थ होता था भला यह भी कोई बात हुई। बाप-बेटे एक साथ पढ़ाई पूरी कर रहे हैं।

राशिदा ने अब्बू की स्टूडेंट लाइफ़ नहीं देखी है। मैंने देखी है। तभी तो वह कभी-कभी पुरानी फ़िल्मों की हिरोइनों की तरह आँखें मटकाते हुए बोलती है-अब्बू और भाईजान क्लासफ़ेलो हैं। राशिदा की बच्ची!

मुझे अच्छी और ऊँची तालीम के लिए जब ननिहाल भेजे जाने की बात हुई तो अब्बू ऐसे गरजे कि पूछिए मत। पर अम्मी सब जानती थीं। यहाँ मैं यह कहना चाह रहा हूँ कि वह जानती थीं कि गरजने और बरसने में क्या रिश्ता है। नाना पेशकार थे। अम्मी को बहुत चाहते थे। अब्बू भुनभुनाते रहे पर वे मुझे ले गये। अम्मी ने चैन की साँस ली। असल में, अम्मी ने अब्बू की मदद की।

एमएससी करने के बाद मैं वहीं फ़ैज़ाबाद में एक प्राइवेट स्कूल में पढ़ाने लगा। अब्बू मुझे हिकारत से देखते, जैसे मैंने कोई पाप किया हो। किसी सरकारी नौकरी के लिए ट्राई करने के लिए बड़बड़ाने लगे। घंटों लेक्चर दिया।

फिर ठंडे हुए तो पूछा-अच्छा बताइए क्या पढ़ाते हैं? मेरे यह कहने पर कि साइंस, मुझसे साइंस पर सवाल पूछे और मुझे गलत साबित किया। इनकी यही आदत है। अपने बच्चों के साथ कम्पटीशन पर उतर आते हैं। जीतने की कोशिश करते हैं। अपने एमएससी फ़र्स्ट क्लास पर इतना गुमान कि मौके-बेमौके अपने बच्चों को ही शर्मिन्दा करने पर आमादा हो जाते हैं। अजीब कैफ़ियत हो जाती

है इनकी। ख़याल नहीं रखते कि वे बीस पार लड़कों और शादी लायक लड़की के बाप हैं। कैसी कुंठा, कैसी नादानी, कैसी नासमझी में ज़िन्दगी गुज़ार रहे हैं अब्बू। मेरे दोस्तों तक से अपना ज्ञान बघारने लगते हैं और उनसे मुकाबला करते हैं। ऐसे मौकों पर वे मुझे बेहद कॉमिक लगते हैं।

मैं ननिहाल में रह रहा हूँ। इकबाल ने घर पर ही रहकर अपना ट्यूशन जमा लिया है। राशिदा भी ट्यूशन के साथ कपड़े सिलती है। अम्मी कपड़े सिलने के अलावा आँगनबाड़ी में पढ़ाती हैं। माशाअल्लाह कोई दुश्वारी नहीं है। सब अच्छा चल रहा है। पर अब्बू बेकार हैं। लेकिन ऐसा वे नहीं चाहते हैं। वे चाहते हैं कहीं लगना। जल्द-से-जल्द घर में अपनी कमाई देना चाहते हैं। टीचर, क्लर्क या...अल्लाह माफ़ करे...चपरासी ही बनकर...। बेकारी उन्हें काटती है। खा रही है, उन्हें घुन की तरह। पर दिखाते हैं ऐसा जैसे उन्हें बेरोज़गारी का गम न हो। कुछ नौकरियों के लायक वे अभी भी होंगे। कुल उम्र सैंतालीस की है। हाईस्कूल सर्टीफ़िकेट के अनुसार पैंतालीस ही ठहरते हैं।

इस बार ईद में अब्बू को मैंने सफ़ारी सूट दिया। अब्बू जवान तो हैं ही, अच्छे दिखने लगे। मेरे, इकबाल, राशिदा और अम्मी के पैसों से खूब ईद मनी। मैं वापस जाने को हुआ तो मुझे पास बुलाकर बोले, ‘‘पता करना तुम्हारे यहाँ कोई जगह हो तो दो-चार घंटे वक्त दे सकता हूँ। पैसे के लिए नहीं भाई।’’ मैंने अम्मी की ओर देखा। लगा जैसे उनके ऊपर घड़ों पानी पड़ गया है। फिर बोले, ‘‘मेरा ईद वाला जूता लेते जाओ।’’ मुझे पता था अम्मी के पैसों का है। क्यों दे रहे हैं, क्यों देने के लिए ज़िद कर रहे हैं अब्बू। मेरे सूट के बदले में तो कुछ-न-कुछ करना ही था। सो जूते पर अड़ गये। मैं क्या करता। बाटा का सॉफ्ट लेदर मेरे पैरों में जम गया।

इकबाल को कोई क्या कहे। बचपन का कोलम्बस। पूरा उस्ताद। खोजता फिरेगा...बस। कभी लकड़ी के बक्से में दादा की रौबदार मूँछों वाली तस्वीर तो कभी अब्बू के बचपन की गेटिस वाली पैंट। और कभी अब्बू-अम्मी की अलमारी से उनकी शादी का बित्ते भर का अलबम। अम्मी तो कुछ खास नहीं... पर अब्बू...हाय-हाय...कानों के ऊपर तक फैले बाल और चौड़े बॉटम वाली पैंट। मैं तो चुप रहता पर राशिदा और इकबाल बाज़ आएँ तब ना।

मेरा ख़याल है, हमारी कुछ दोपहरियाँ तो यही सब खोजबीन करते कटी

होंगी। फिर जब मैं फ़ैज़ाबाद शिफ़्ट हो गया तो भी इकबाल की कोलम्बसगिरी जारी रही। गर्मियों में मैं घर आया था। तभी इकबाल पढ़ता जाता और राशिदा आहें भरती। एमएससी फ़िज़िक्स, फ़र्स्ट क्लास फ़र्स्ट। बीसएससी गुड सेकेंड डिवीज़न। लेकिन फिर इंटर और हाईस्कूल दोनों ही प्रथम श्रेणी में। और सबसे नीचे रखी थी उनकी बीएड की डिग्री जिसके बारे में उन्होंने कभी बताया ही नहीं था। अपने-आपको कभी एमएससी बीएड नहीं कहा। हमेशा कहते एमएससी फ़िज़िक्स, फ़र्स्ट क्लास फ़र्स्ट।

उस फ़ाइल में कुछ और सबूत थे। तमाम कॉल लेटर्स, जहाँ फ़िज़ूल में अब्बू ने इंटरव्यू दिये होंगे। अखबारों की कतरनें जिनमें नौकरियाँ थीं, पर अब्बू के लिए नहीं। मास्टरगीरी से लेकर प्राइवेट कम्पनियों में दर्जनों अर्ज़ियों के सबूत। एक मशीन बनाने वाली कम्पनी का लेटर भी मौजूद था। 550 रुपये प्रतिमाह तनख़्वाह पर उन्हें नौकरी का ऑफ़र था। गुस्सा गये होंगे सैलरी देखकर। तभी तो लाल स्याही से उसी लेटर पर लिख मारा था-उर्दू में।

राशिदा ने उस इबारत को चटखारे लेकर पढ़ा-1100 पर तुझे मैं खुद रख लूँ मरदूद।

अब्बू की शेखीखोरी, उनका बड़बोलापन और जॉब मार्केट में हम दोनों भाइयों की नाकामयाबियाँ-कई बार राशिदा को अपनी फुलझड़ियाँ छोड़ने के आसान मौके मुहैया करा देतीं।

सुनो इकबाल, अब्बू की तर्ज पर भाई जान भी इंडियन एडमिनिस्ट्रेटिव सर्विस से नीचे की नौकरियों को लात मारते फिर रहे हैं...तू क्यों नहीं कहीं हेडक्लर्क बन जाता। अब की ईद में सिल्क का सूट बनवा दे मेरे भाई...।

इकबाल चुप रहने वाला बड़ा भाई नहीं था। उसने भी राशिदा को छेड़ दिया, ''तू तो हर हफ़्ते नये सूट पहनती है राशिदा। सिलाने वालों को क्या मालूम कि राशिदा की उतरन ही पहनते हैं नये सूट के नाम पर।'' अब मेरी बारी थी। मुझे मालूम था राशिदा ऐसा करती है। पर इकबाल जैसा ब्लंट नहीं हूँ। मैंने कहा, राशिदा, दरवाज़े पर छोटा-सा बोर्ड जो तुमने टाँग रखा है ना सिलाई केन्द्र का, उसमें, बच्चे का नाम लिखवा दो-इकबाल टेलर मास्टर। इसका भी काम बन जाएगा।'' राशिदा जो हँसी तो हँसती ही चली जाती थी।

फिर मैंने सोचा, अच्छा मौका है कुछ डॉयलाग-वायलॉग हो जाए। मैंने

सीरियस लहज़े में शुरू किया, ''इस घर में दो-दो पोस्ट ग्रेजुएट हैं...।'' मेरी बात बीच में काटते हुए राशिदा ने जोड़ दिया, ''दोनों में एक फ़र्स्ट क्लास फ़र्स्ट और दूसरा सेकंड क्लास सेकेंड।'' मैंने बिना हँसे अपनी बात पूरी की...''और दो-दो ग्रेजुएट हैं और एक इंटरमीडियेट...कुल पाँच...पर सबके बीच में एक भी नौकरी नहीं है।''

अब इकबाल की बारी। नहीं चूका मेरा छोटा भाई। बोला, ''सच कहूँगा तो भाईजान नाक-भौं सिकोड़ लेंगे।'' मैंने डाँटा, ''बोल बे, भाईजान को इतना भाव कब से देने लग गया।'' और इकबाल बोल गया, ''सारा दोष हमारे-आपके नाम में है बड़े भाई। पाँच पढ़े-लिखे, लेकिन पाँचों बेकार। क्या यह महज़ इत्तेफ़ाक है, या फिर इसे बैडलक कहकर हवा में उड़ा दें?'' मैंने उसका कान पकड़ते हुए कहा, ''मुझे तो अपने नाम में कोई बुराई नज़र नहीं आती...पर तू अपना नाम इकबाल सिंह कर ले। लग जाएगा कहीं काम से।''

अब राशिदा की बारी थी, ''मैं तो सोचती हूँ...इकबाल सिंह तुम बताना तुम्हारी क्या राय है...क्यूँ नहीं अब्बू अपनी नॉविल का नाम बदलकर *बेरोज़गारी का मौसम* रख देते।''

फिर हम तीनों ऐसा दिल खोलकर हँसे कि अम्मी किचन से बाहर निकल आयीं। और राशिदा का गाल नोंचते हुए खुद भी लतीफ़े में शामिल हो गयीं।

अब्बू ऐसे हल्के-फुल्के मौकों पर हम सभी से दूर ही रहते।

अम्मी किचन में वापस चली गयीं। राशिदा की हँसी बन्द होने को नहीं आ रही थी। बोली, ''खबरदार, अगर किसी ने नौकरी की बात की, अभी सब लोग और पढ़ेंगे। बस एक-एक डिग्री और, अजी इकबाल, अब्बू से कहो पीएचडी पूरी करें। पीछे-पीछे हम लोग हैं।''

हँसी का फव्वारा फिर...हम तीनों का।

इस बार अम्मी किचन से बाहर नहीं निकलीं। वहीं से बोलीं, ''और लिस्ट से मेरा नाम काट देना। मुझे नहीं पढ़ना-वढ़ना। तुम्हारे अब्बू बहुत पढ़े हैं।''

अम्मी को वाकई पढ़ने की ज़रूरत क्यों पड़ने लगी। आज तो बिलकुल नहीं। आज जामिया अंजुमन के कुल पचास बच्चों के कपड़े सिलने का ऑर्डर जो हाथ आ गया था। अब राशिदा को लेकर जुटेंगी और बस हफ़्ते भर में पूरी

तीन हज़ार की जुगत। कौन पढ़ता है। बहुत पढ़ लिया।

और चटोरी राशिदा। राशिदा को तो मिल गया लहलहाने का बहाना। हम सभी के लिए खुशियों का मौसम। ऐसा नहीं कि अब्बू कुछ नहीं करते हैं तो हमारे घर में गोश्त नहीं बनता है। सबकी तरह हफ़्ते में दो दिन तो ज़रूर। पर अब राशिदा की बच्ची इस हफ़्ते पाँच दिन पकाएगी।

तो इसी तरह खाते-पकाते, हँसते-गाते चुनाव सिर पर आ गये। गोया कि वादों का मौसम और नौकरियों का मौसम अपने उफ़ान पर।

सरकार को आनन-फ़ानन में हज़ारों की तादाद में प्राइमरी स्कूलों के लिए मास्टर चाहिए। इश्तहार छपे तो दिल बल्लियों उछलने लगा। कुछ ज़्यादा पेंच नहीं था। दरियादिली का आलम यह था कि इक्कीस से पैंतालीस वर्ष उम्र तक का तो कोई भी ग्रेजुएट मास्टर बन सकता है। बीस तारीख को अपनी डिग्रियों के साथ लखनऊ पहुँचो, रजिस्ट्रेशन कराओ, इंटरव्यू दो और कॉल लेटर हाथों-हाथ। पहली बार ग्रेजुएट होने के फ़ायदे बड़े साफ़-सुथरे ढंग से मुँह बाये खड़े थे।

मैं उस मौसम में फ़ैज़ाबाद था। मुझे इक़बाल और राशिदा की फ़िकर लगी। मैं खुद भी एक उम्मीदवार था। मैंने चुपके से अपने भाई इक़बाल और बहन राशिदा के नाम खत डाल दिया। मैं छब्बीस साल का। मेरा भाई चौबीस का। मेरी बहन राशिदा तेईस की। सबकी बेकारी कटने वाली है।

उम्मीद तो न के बराबर थी। पर ऐसा भी होता होगा कि एक ही वक्त में एक ही घर में तीन-तीन लोगों को सरकारी नौकरी मिल जाए। कहीं-न-कहीं तो ज़रूर होता होगा। इस बार शायद अब्बू के घर में।

मैं बीस तारीख को अपनी रिकॉर्ड फ़ाइल लिये ठीक वक्त पर लखनऊ पहुँच गया। इक़बाल और राशिदा भी लाइन में लगे होंगे। देखा पर दिखाई नहीं पड़े। भीड़ थी। बेशुमार लोग लाइनों में खड़े थे। अरे भाई इक़बाल टीचर, कहाँ हो तुम...राशिदा टीचर...मेरी बहन, लड़कियों वाली लाइन में तुम भी नहीं दिखाई पड़ रही हो। जनाब मोहम्मद राशिद एमएससी फ़र्स्ट क्लास फ़र्स्ट की औलादो, कहाँ हो तुम लोग? मेरा खत नहीं मिला क्या?

खत तो वक्त पर मिल गया था। पर अब्बू ने अब्बूगीरी दिखा दी थी।

अपने दोनों बच्चों से धोखा किया था उन्होंने। इकबाल और राशिदा को महक तक नहीं लगने दी थी मेरे खत की। खुद चले आये थे इंटरव्यू देने। अब्बू मुझसे तीन-चार कदम आगे उसी कतार में लगे थे। ईद वाला सफ़ारी सूट पहने, हाथ में अपनी रिकॉर्ड फ़ाइल लिये एक-एक कदम काउंटर की ओर खिसक रहे थे।

उनको देखते ही मुझे लगा कि मेरे तलवों में छोटे-छोटे छेद हो गये हैं। मेरे शरीर का सारा लहू मेरे पैरों से सरसराकर निकल रहा है।

पर बात यहीं खत्म हो जाती तो बात ही क्या थी। बात बढ़ गयी। कोई शक नहीं कि अब्बू लगे तो कतार में थे पर मन कहीं भटक रहा था। शायद हम भाई-बहनों के बारे में सोच रहे थे। फ़ाइल पर पकड़ ढीली पड़ी और फ़र्स्ट क्लास फ़र्स्ट के कागज़ात सरक गये नीचे। लहराते हुए उड़ चले...पीछे की ओर। अब्बू ने झपट्टा मारा। एक को धर दबोचा। एक मेरे आगे वाले नौजवान के सीने से फड़फड़ा रहा था। और...ऊपर वाले यह क्या कर दिया तूने...एक मेरे पैरों के पास फड़फड़ा रहा था। ओय मेरे बाप, ओय इधर मत आना। प्लीज़ इधर नहीं। मैं पैर से सरका देता हूँ तुम्हारा पेपर...

यह भी तो हो सकता है कि मैं उनका कागज़ अपने पैरों से कहीं और सरका दूँ या उठाकर हजम कर लूँ। कुछ देर ढूँढ़ेंगे फिर खुद-ब-खुद लाइन से हट जाएँगे। पर अब्बू हैं बड़े चिपकू। अब नहीं हटेंगे। लग गये हैं तो लगे ही रहेंगे।

वे देख रहे थे पीछे मुड़कर। उनके कागज़ात जिसके पास हैं दे दे उन्हें। शायद माँगने या उठाने में उम्र और हेकड़ी आड़े आ रही थी। कल के लौंडों के साथ लाइन में लगिएगा तो यही होगा न भाई।

सामने वाला लड़का शरीफ़ था, उसने बढ़ा दिया। अब मैं क्या करूँ। क्या चिल्ला पड़ूँ कि जनाब राशिद साहब, क्या करने आये हैं आप? इकबाल और राशिदा को क्यों नहीं भेजा?

अब्बू ने पीछे को रुख किया। मर गये। उठाना चाहते हैं अपना प्रमाणपत्र। अब वे आएँगे और मेरे पैरों पर झुककर उठा लेंगे उस सरकारी कागज़ को।

लेकिन भैया जूता तो उन्हीं का है। मुझे पहचान गये तो? मैंने जल्दी से दोनों पैरों को एक-दूसरे पर रखकर जूतों को गन्दा कर दिया। अब पहचानें!

वे झुक रहे थे। अब यह भी होना था मेरे खुदा। मैंने अपनी गर्दन कतार में ठीक सामने खड़े नौजवान की पीठ में गड़ा दी। कहीं अब्बू मुझे देख न लें। कहीं मैं अब्बू को न देख लूँ। कहीं हम दोनों एक-दूसरे को देख न लें। कहीं कोई और मुझे और अब्बू को एक ही कतार में लगा देख न ले।

जो मैंने देखा, वह मैंने नहीं देखा। जहाँ मैंने अब देखा, वह जगह खाली थी। वहाँ अब्बू नहीं थे। मेरी आँखें अब्बू को नहीं देख पा रही थीं। मेरे दो कदम आगे एक खाली जगह थी। अब्बू की खाली जगह। जिसे वे मेरे साथ भरने आये थे। अपनी मेरिट को एक आखिरी मौका देने आये थे। मेरे, इकबाल और राशिदा के मुकाबले में मेरे अब्बू खड़े थे। किसने खड़ा किया था उन्हें? बोलिए। मेरा खून गुनगुना होने लगा। फिर उबलने लगा। किसने खड़ा किया था उन्हें? किसने खड़ा किया था हम दोनों को एक ही कतार में साथ-साथ?

तो अब्बू को मैंने नहीं देखा। नहीं देखा तो बताना कैसा? किसी को भी नहीं। इकबाल और राशिदा को भी नहीं। अम्मी को तो कभी नहीं।

मैं कतार से हट गया। फ़ैज़ाबाद? ऐसे में और कहाँ? मैंने टिकट खरीदा। मैं बस में बैठा। हँसी मुझे तब तक नहीं आयी, जब तक कि बस चल नहीं पड़ी।

अब सुनिए कि मेरी बगल वाली सीट पर बैठे सज्जन ने क्या कहा। वे बोले, ''भाई, आपको क्या हो गया है, रोते ही जा रहे हैं।'' मैंने जवाब दिया, ''भाई, मैं रोने के लिए इस बस पर नहीं चढ़ा हूँ।'' वे मुझे घूरकर चुप हो गये। मेरी हँसी चुप होने का नाम नहीं ले रही थी। मैं अपनी हँसी लिये बस पर चला जा रहा था। और अब्बू?

फ़ैज़ाबाद पहुँचे न पहुँचे कि नाना ने खत थमा दिया। घर से आया था। उसे उन्नीस तक मिल जाना था। पर नामुराद मिला देर से। अब्बू ने होशियार करते हुए लिखा था-'बरखुरदार, आप तीनों से बड़ी उम्मीदें हैं। ऐसी फीकी नौकरियाँ मेरे मयार पर खरी नहीं उतरती हैं। मैंने कभी...फ़ार्म तक नहीं भरा इनका। मैंने कभी देखा तक नहीं इनकी ओर। ये आप क्या करने जा रहे हैं।'

खत में आगे भी कुछ लिखा था। उसे पढ़ने से पहले एक फ़ैमिली सीक्रेट- मेरे यहाँ सभी की आदत है कि किसी भी बात को समझने के लिए बार-बार दुहराते हैं। उसको इतनी बार कहेंगे कि बस समझ में आ जाए।

खत में आगे था। ताकीद है कि बीस को लखनऊ न जाकर घर तशरीफ़ लाएँ। मुझे ख़ुद बीस तारीख को एक ज़रूरी काम से बाराबंकी जाना है। शाम को लौटकर आपसे कुछ ज़रूरी बातें करनी हैं, राशिदा के बारे में? आप लखनऊ कतई न जाइएगा। इसे ज़रूरी समझें। सुबह बस पकड़कर घर पहुँच जाइएगा। शाम तक मैं वापस आ जाऊँगा। लखनऊ जाने की कोई ज़रूरत नहीं है। ख़ुदा हाफ़िज़। अब्बू।

❑❑❑

www.ingramcontent.com/pod-product-compliance
Lightning Source LLC
LaVergne TN
LVHW091549170726
843492LV00007B/2110

9 789393 267207